한밤중에 잼을 졸이다

일러두기 | 본문의 주석은 내용의 이해를 돕기 위해 모두 옮긴이가 작성했습니다.

한밤중에 잼을 졸이다

히라마쓰 요코
이영희 옮김

바다출판사

차
례

부엌에서 생각하다

이런 것을 먹어 왔다

애드벌룬이 푸른 하늘에 둥실 떠 있다. 빨강과 흰색 줄무늬 풍선이다. '특별 대할인'이라는 큰 글씨가 한들한들 한가롭게 흔들린다.

골목 모퉁이에 있는 빨간 우체통, 길옆으로 흐르는 도랑. 해가 기울어질 무렵, 지나가는 가미시바이紙芝居* 극단이 울리는 나팔 소리, 외등의 오렌지빛이 확 번진다. 저녁 식탁에 놓인 것은 밥과 된장국, 생선조림, 비지볶음, 가지절임. 다음 날 아침, 가방을 메고 뛰어가다 돌아보니, 아침 햇빛을 받은 애드벌룬이 그 자리에 그대로 떠 있어 안도했다.

쇼와昭和*는 즐거운 시대였다. 그리고 특별히 즐거운 장소였

* 가미시바이 | 그림 여러 장을 넘겨 가며 변사가 연기하는 아이들을 위한 공연.
* 쇼와 | 1926년부터 1989년까지의 일본 연호(年號).

다, 1960년대의 부엌은.

동생과 내가 조르면 엄마는 치킨라이스를 만들어 주셨다. 일요일은 오므라이스로 승격. 가끔 감자샐러드. 카레라이스. 하야시라이스●. 크림 스튜.

"또 오므라이스 해 달라고? 아휴, 그러지 뭐."

하지만 신바람이 난 건 엄마도 마찬가지였다.

특히 가족 모두를 최고의 기쁨에 취하게 하는 요리가 있었다. 스카치 에그Scotch egg●다.

갓 튀겨 낸 스카치 에그가 톡 하고 도마에 놓이면, 동생과 둘이 엄마 허리 양쪽에 달라붙어 주시한다. 엄마가 칼로 자르면 노른자와 흰자가 정확하게 반으로 나뉜다. 그 선명하고 강렬한 색.

"우와!"

그 박력이란 대단하다. 접시에 담아 케첩을 뿌리면 그 색이 생생하다. 의미를 알 수 없으니 더욱, 스카치 에그라는 이름의 울림이 귀에서 달콤하게 퍼진다. 그 최고의 위상은 점차 퇴색됐지만, 쇼와 시절에 스카치 에그는 식탁의 꿈이었다.

쇼와 시절에는 많은 꿈이 등장했다. 게다가 그 꿈들이 눈앞에서 현실이 됐다. 집을, 부엌을 바꿨다.

'세 가지 보물' 중 하나로 불린 냉장고에는 1960년대 중반 냉동고가 더해졌고, 자동 전기밥솥에는 타이머가 붙었다. 꿈이 현

● 하야시라이스 | 얇게 썬 소고기와 양파를 버터로 볶아 적포도주와 토마토소스가 들어간 데미그라스 소스를 넣어 졸여 밥 위에 얹어 먹는 음식. 일본의 대표 서양식 중 하나.

● 스카치 에그 | 영국의 달걀 요리로 반숙의 달걀을 얇게 편 돼지고기에 싸서 튀긴 것.

실의 밥을, 반찬을 바꾼 것이다. 그 변화상을 나는 세 살 터울의 여동생과 함께 마른침을 삼키며 바라보고, 그리고 먹었다.

스카치 에그 다음으로 인기 있는 요리는 마카로니 그라탱, 나폴리탄 스파게티였다가 만두였다가 탕수육이 되기도 했다. 백화점 식당 쇼윈도 앞에서 "오늘은 좋아하는 거 맘껏 주문해도 돼." 손잡고 있던 아빠가 엄숙하게 선언하면 유원지에 갔을 때보다 더 설렜다. 어른들이 집을 비운 날, 여동생과 둘이 용돈을 모아 텔레비전 광고에서 봤던 인스턴트 라면을 몰래 사러 갔다. 양상추나 아스파라거스 같은 걸 처음 맛본 새로운 하루하루를, 정신없이 배 속에 저장했다.

한편 계속 변함없는 맛이 있었다. 엄마가 만든 김초밥, 흩뿌림초밥(지라시즈시)[●], 유부초밥이 그렇다.

매년 돌아오는 히나마쓰리ひな祭り[●], 가을 축제, 생일, 소풍. 전날 밤이면 어김없이 부엌에서 같은 장면을 볼 수 있었다. 물에 담갔다 말린 표고버섯. 부글부글 작은 냄비에서 졸여지는 박고지. 식초에 담근 연근. 식초에 절인 삼치 또는 작은 도미. 삼각주머니 모양의 유부. 다음 날 아침 얇게 부치는 달걀지단. 덴부でんぶ[●]. 새우. 제일 먼저 일어나 소매 있는 앞치마를 입고 부엌에서 바지런히 움직이는 엄마의 등에서 서두름과 긴장이 느껴

● 흩뿌림초밥 | 생선, 계란지단이나 양념한 채소 등 고명을 얹은 초밥.

● 히나마쓰리 | 3월 3일에 치러지는 일본의 전통 축제로 여자아이의 건강과 행복을 기원한다.

● 덴부 | 생선을 쪄서 잘게 찢어 설탕, 간장으로 조리한 것.

져 말을 걸기도 조심스러웠다.

"좀 와 봐. 빨리 도와!"

요리하는 도중 엄마가 큰 소리로 부르는 이유는 알고 있다. 엄마가 초밥용 밥을 밥통에 담아 놓으면 기운차게 부채질하는 게 나의 몫이다. 삭삭, 엄마가 주걱으로 밥을 가르듯 섞는다. 찡하고 코를 간질이는 식초의 향기. 갑자기 부엌이 유쾌해진다.

"자, 쉬지 말고, 더 힘차게."

"응!"

팔이 께느른한 걸 참으면서 슬쩍 올려다본다. 엄마의 콧숨이 거칠다. 살며시 눈치채고 있었다. 앞치마 소매의 고무밴드 자국이 선명하게 밴 분주한 엄마의 손이 '즐거워' 하며 신바람이 나 있다.

이렇게 시간이 걸리는데 뭐가 즐거운 걸까. 뭐가 기쁜 걸까. 왜 한 해에 몇 번씩 엄마는 귀찮은 일을 일부러 만들어 하는 걸까. 적당히 하는 것 같은데 매번 같은 맛이 나오는 건 왜일까. 희한하다는 느낌은 고등학생이 되어서도 계속 이어졌다.

그러나 마음 편히 "희한해" 같은 말을 내뱉고 있을 수 없는 날이 찾아왔다.

대학에 들어가 부모님 슬하를 떠나 살기 시작한 순간, 암담함의 바다에 내팽개쳐졌다.

김초밥 같은 것은 꿈 중에서도 꿈. 된장국도 후로후키다이콘

ふろ吹きだいこん●도 생선조림도 혼자가 되니 전혀 할 수 없었다. 이렇게 쉽게 속수무책이 될 줄이야. 놀람과 초조함으로 망연자실했다.

다시마 국물이나 가다랑어포 국물을 각각 어느 때 사용해야 하는지 모른다. 생선을 조리면 살이 푸석푸석 무너진다. 두툼하게 부쳐진 달걀에는 구멍이 숭숭 나 있다. 가지를 조렸는데 국물에 맛이 배어들지 않았다. 전부 어릴 때부터 정든 맛인데, 혼자 만들어야지 생각하면 손가락 사이를 슬쩍 빠져나가 어딘가 먼 곳으로 사라져 버린다. 이러려고 한 건 아닌데.

(지금까지의 18년이 의미없는 시간이 돼 버린다.)

어떻게든 만회하지 않으면 안 되는데. 당황해서 반격을 도모. 스파게티 면을 사 와 스톱워치를 한 손에 들고 알덴테●로 삶고, 외국 잡지와 씨름하며 미네스트로네●를 졸여서 화이트와인에 딱 맞는 닭고기토마토조림을 만들었다.

(봐, 나도 꽤 하잖아.)

엄마를 가볍게 뛰어넘은 듯해 기쁨에 빠져들었다. 그러나 일이 그렇게 쉽게 풀리지는 않았다. 아이가 생기면서 완전히 처음으로 돌아왔다.

먹고 싶을 때 먹는 게 아니다. 매일 만드는 것이다.

당연한 사실에 전율했다. 만들지 않으면 먹을 수 없다. 바로

● 후로후키다이콘 | 무나 순무를 둥글게 썰어 흐물흐물하게 삶아서 된장을 뿌려 먹는 요리.

● 알덴테 | 파스타 면을 삶았을 때 단단함이 살짝 느껴지는 정도.

● 미네스트로네 | 토마토와 해산물 등을 넣은 이탈리아식 수프.

지금 내가 만들지 않으면 살 수 없는 작은 인간이 눈앞에 있다. 기고만장했던 알덴테가 툭 끊어진다.

가슴 깊이 소중히 간직하고 있는 한겨울 풍경이 있다. 두 살 된 딸을 보육원에 데리러 갔다 돌아오는 길이었다. 잠시 그쳤던 눈이 다시 신나게 춤추며 내리기 시작했다. 오른손으로 자전거 의자에 앉은 딸에게 우산을 씌워 주고, 왼손으로는 핸들을 힘주어 쥐고 옆으로 내리치는 눈을 피하며 느릿느릿 나아갔다. 양손이 새빨갛게 곱고 귀가 얼었다. 쌓인 눈이 등 뒤에서 풀썩 떨어지는 소리에 흠칫했다. 겨우 집에 도착하니 추위와 긴장에서 해방된 딸이 자지러지게 울기 시작했다.

"밥해 줄게. 엄마도 배고파요."

부엌으로 뛰어가 물을 끓이다 문득 거울에 비친 내 얼굴을 슬쩍 보니 머리 위에 새하얀 눈이 1센티미터 정도 쌓여 있었다. 웃고 싶었지만 왠지 눈물이 났다.

조금씩, 아주 조금씩, 먹는 것과 만드는 것의 거리가 좁혀진 건 그로부터 상당히 세월이 흐른 뒤였다.

먹는 건 즐겁지만 만드는 건 즐거워지기 위한 멸사봉공에 지나지 않는다고 생각해 왔다. 하지만 아무래도 그건 아니다. 봄 양배추와 가을 양배추는 맛이 다르고, 같은 겨울이라 해도 입춘 즈음 되면 배추도 파도 단맛이 부쩍 강해진다. 무의 표면도 탱탱하고 매끈매끈하다. 그래, 계절 속에 요리하는 재미가 아기자기하게 숨어 있는 것이다. 계절이 지나가는 틈새의 나날도 마찬

가지. 설날이 오면 어깨너머로 배워 만든 구리킨통栗きんとん●이나 검은콩, 말린 멸치, 다진 우엉 맛에 일희일비했다. 그때마다 함께 기뻐하거나 실망하는 가족의 얼굴이 내 옆에 있었다.

"저기, '나의 맛'이라고 하면 뭐가 생각나?"

십 년 전, 조심조심 물어본 적이 있다.

"글쎄, 나는 카레? 향신료를 많이 넣고 만든 카레."

"나는 베트남식 돼지고기조림. 그거 굉장히 좋아해."

잠깐, 좀 기다려 줄래? 그래도 되는 거야? 부지런히 내 손으로 요리를 만들어 왔는데, 인도와 베트남에 주도권을 빼앗긴 듯해 맥이 풀렸다.

"저기, '나의 맛'은 뭐야?"

반년 전, 다시 물어봤다.

"그저 좋은 맛. 깔끔한 맛. 으깬 두부에 향기로운 채소를 숭덩숭덩 썰어 잔뜩 올린 요리 있잖아. 예를 들면 그런 것."

"글쎄, 다이내믹한 맛. 마음이 담겨 있는 맛. 먹는다는 건 즐거운 거라고 가르쳐 주는 맛. 만약 엄마의 맛을 경험하고 기억하지 않았다면, 나는 얼굴 생김새도, 말하는 것도, 생각하는 방식도 전혀 다른 사람이 됐을 거 같아."

쇼와 시절 그 무렵, 만드는 즐거움을 항상 충분히 누렸다. 먹는 즐거움을 많이 축적했다. 그걸 이번에는 스스로 만드는 즐거

● 구리킨통 | 강낭콩과 고구마를 삶아 으깨어 밤 따위를 넣은 단 식품.

움으로 바꾸면서 천천히 요리의 기쁨에 다가간 것이다.

그 기쁨이 점차 부풀어 오른 것은 먹기와 만들기의 거리가 조금씩 가까워지고 결국 하나로 포개졌기 때문이다. 그냥 먹는 것만으로, 단지 부엌에 서서 음식을 만드는 것만으로 자기의 맛을 키우기는 어렵다.

하지만 여기서 조금 쓸쓸히 어깨를 떨어뜨린다. 나는 김초밥, 유부초밥, 흩뿌림초밥을 자주 만들지 않는다. 아니, 솔직히 말하면 일부러 피해 왔다. 엄마의 맛에 찬물을 끼얹고 싶지 않았다고 하면 듣기 좋은 표현. 나만의 보물을 깨지 않기 위해 지켜 왔다고 하면 지나치게 안이한 변명이라 부끄럽다. 결국 계절마다 김초밥과 유부초밥과 흩뿌림초밥을 계속해서 만든다는 데 부담을 느끼고 있었다. 두려워서 피했다.

보통 사람이 가진 보통의 강함. 거기에서 나오는 게 언제 어느 때 만들어도 결코 변하지 않는 맛일 것이다. 그 사람의 맛일 것이다. 쇼와시대에는 매일의 기쁨을 기둥 삼아 특별할 것 없는 보통의 힘을 단련했다.

이렇게도 생각해 본다. 그런 힘이 거센 물살처럼 흘러 들어와 몸속에 스며들어 있기 때문에 나는 베트남이나 인도, 한국, 태국, 다양한 사람들의 맛 역시 진하고 가깝게 느낄 수 있다. 그 쇼와의 부엌은 베트남 부엌에도 태국 부엌에도, 즉 어느 부엌에도 통한다.

슬슬 나도 김초밥과 유부초밥, 흩뿌림초밥을 만들고 싶다. 가을이 깊어진 아침, 오랜만에 엄마에게 전화를 걸었다. 내일 만

이런 것을 먹어 왔다 9쪽

6세, 치킨라이스 레시피 230쪽

15세, 흩뿌림초밥 레시피 230쪽

히나마쓰리, 가을 축제, 생일.
특별한 날 먹는 흩뿌림초밥에 집안이 들썩였다.
어릴 적 그 시절.

18세, 닭고기토마토조림 레시피 231쪽

29세, 삼색 도시락 레시피 231쪽

나의 맛국물 이야기

69쪽

돼지삼겹살로 일석이조!
육수를 낸 후에도
다양한 즐거움이 기다리고 있다.

돼지삼겹살 육수 레시피 232쪽

미나리달걀수프 레시피 233쪽

오키나와 니시메 레시피 233쪽

한잔하고 싶은 날 47쪽

2004(平成16)酒造年度 醸造
瓶貯蔵・低温熟成
小笹屋
竹鶴
純米原酒
おざさやたけつる
手造り純米酒
神
シンカメ
清酒
神亀酒造株式会社

김무침

레시피 232쪽

오이 단식초절임

레시피 232쪽

구운 유부

레시피 232쪽

여름은 역시 카레입니다 167쪽

모든 카레는 향신료로 통한다.

빵에도 면에도. 매운맛이 찡. 여름의 식욕을 불러일으킨다.

가지 그린 카레 레시피 238쪽

향신료를 넣은 감자조림 레시피 239쪽

딱 맞는 소금 간 80쪽

야채구이 레시피 235쪽

소금 하나로 요리의 맛은 확 변한다.
아게하마식 소금, 천일염, 암염.
소금 알갱이 하나하나가 재료의 맛을 쑥 끌어올린다.

오늘은 아무것도 먹고 싶지 않아 211쪽

마른 멸치

견과류와 말린 과일

김을 얹은 소면 레시피 243쪽

먹고 싶지 않은 날은 무리하지 않는다.
그 상태 그대로 버티면 기분이 좋다.
만든다고 해도 단번에 되는 걸로.
단 하나의 냄비만 사용해서.

숯불을 피우다 199쪽

겨울날 오후, 갑자기 생각나 떡을 구워 본다.
푸슉—.
숯불의 온기에 손을 녹인다.

들려는 흩뿌림초밥에 넣을 재료를 하나하나 확인하면서 무심코 말이 튀어나왔다.

"역시 흩뿌림초밥은 손이 많이 가."

엄마가 바로 대답했다.

"오늘 밤은 푹 쉬어. 그래야 맛을 잘 느낄 수 있으니까."

한 박자 쉬고 격려하듯 엄마는 계속했다.

"괜찮아. 만들다 보면 틀림없이 재밌어지니까."

옻그릇과 이별하다, 만나다

나는 처음부터 옻그릇과 가까이 지내지는 않았다. 그러긴커녕 계속 멀찍이 두고 그 주변을 빙빙 맴돌았다.

왜냐하면.

처음 옻그릇과 만났을 때의 일은 잘 기억나지 않는다. 어쨌든 정신이 들고 보니 손 안에 있었다. 하지만 그것은 일 년에 몇 번. 예를 들어 도시코시소바年越しそば*를 먹은 후 부엌일이 일단락된 선달그믐 늦은 밤, 엄마가 의자 위에 까치발로 서서 찬장 깊은 데서 천천히 상자를 꺼냈다. 거기에는 얇은 종이로 포장된 큼지막한 떡국 그릇이 나란히 있고, 꺼내는 엄마의 손놀림에 희미한 긴장감이 서려 있던 것을, 나는 어제 일처럼 떠올린다.

* 도시코시소바 | 섣달그믐 밤에 먹는 메밀국수.

특별한 그릇이었다.

설날의 떡국, 정초 사흘간 먹는 오세치おせち ● 요리. 히나마쓰리의 흩뿌림초밥. 춘분이나 추분 즈음의 오하기おはぎ ●. 제사 때의 조림, 졸업식의 팥찰밥…… 사시사철 둥근 그릇과 네모난 찬합의 조용한 광택이 눈앞에 나타날 때, 어린아이의 가슴에도 흥분의 물결이 넘실거렸다.

일상을 바꾸는 그릇이 있다. 난 그것을 옻그릇으로부터 배웠다.

1964년 봄 초등학교 입학식에서 돌아온 내게 식탁 위에 좌정하고 있던 팥찰밥이 담긴 찬합은 영광스러운 훈장이었다. 또 어른을 원망하고 입술을 깨물게 만든 것도 옻찬합이다. 초경이 찾아온 내게 엄마는 축하의 팥찰밥을 만들어 찬합에 담아 할머니 집에 가져가게 했다. "자, 이거." 차라리 길바닥에 내버리고 싶었던 보따리를 내밀며 나는 타는 듯한 수치심에 떨었다.

이처럼 옻그릇에 삶에서 맞이하는 다양한 절기, 비일상의 고양된 감정이 꼼꼼하게 각인되어 갔다. 기쁘고, 자랑스럽고, 겸연쩍고, 부끄럽다. 그렇지만 언제나 옻그릇에 달라붙어 있는 그런 '특별함'이 나는 왠지 모르게 성가셨다.

(전 그럴 생각이 전혀 없었는데 장례식 가마에 올라 떠받들여졌다니까요.)

● 오세치 | 정월에 먹는 일본의 명절 요리. 주로 국물이 없고 보존성이 높은 음식들을 찬합에 담아낸다.
● 오하기 | 멥쌀과 찹쌀을 섞어 쪄서 동그랗게 빚어 팥소나 콩가루 등을 묻힌 떡.

생각지 못한 옻그릇의 푸념을 들은 것 같아 문득 무릎을 친 것은 꽤 어른이 되어 태국을 방문했을 때였다.

옻칠 하면 일본이라 할 정도로 옻칠은 일본의 전매특허처럼 다뤄지는데, 그것은 무로마치시대 말기에 온 선교사들이 마음대로 그렇게 여겼을 뿐이다. 원래 옻나무는 중국 대륙에서 인도차이나 반도에 이르기까지 조엽수림 문화권에 넓게 퍼져 자란다. 메콩 강 유역, 즉 베트남, 미얀마, 태국, 라오스를 걸으면 여기저기서 옻칠 공예를 만나게 된다.

내가 방콕의 한 골동품 가게에서 "좋네, 좋아" 하며 넋을 잃고 보던 것은 미얀마의 옻그릇이었다. 태국이나 미얀마의 옻그릇은 대나무로 엮은 소재 위에 칠을 한 남태칠기藍胎漆器인데, 쓱쓱 옻을 두껍고 튼튼하게 겹쳐 바른 모습에선 그때까지 알던 그 미묘한 '특별함'의 냄새는 나지 않았다.

소박하다고 말하면 좋을까. 하지만 결코 거친 건 아니고, 대나무와 옻나무 문화가 손을 잡고 만들어 낸 아시아 기후와 풍토의 산물. 단순명쾌한 잡기의 건강한 모습이 뭐랄까, 믿음직했다. 생각해 보면 일본에서 옻이 사용되기 시작한 조몬시대도 마찬가지 아니었을까. 옻나무 줄기를 베어 얻은 수액을 겹쳐 칠하면, 나무가 물에 젖지 않고 잘 갈라지지 않고 썩지 않는다. 몇 천 년 전부터 옻은 뛰어난 천연 코팅제였다.

옻은 반들반들 반짝반짝 구름 한 점 없는 하늘처럼 빛나지도, 번쩍번쩍 호사스러운 금과 나전 같은 것과도 전혀 상관없는 건가. 그래, 일본의 옻그릇은 다이묘大名* 나 공주님, 세력가들에게

둘러싸여 곳간에 유폐된 토산품이 본의 아니게 귀중하게 추대되었다는 그런 의미의 '특별함'이다.

일본에 돌아온 나는 중얼거렸다.

(실제로는 찬합도 떡국 그릇도 장례 가마 위에서 지긋지긋해하고 있는 건 아닐까?)

이리저리 돌아다니며 찾아낸 것은 다메누리溜塗り* 그릇이었다. 이십대 끝자락 무렵, 처음으로 직접 산 옻그릇이다.

미안마의 옻그릇에 딱 하고 뒤통수를 맞은 뒤, '아무것도 아닌 옻칠' '전혀 특별하지 않은 옻칠'을 테마로 삼아 계속 외쳐왔다. 그리고 찾아낸 것이 개성 없는 게 장점 같은, 다섯 개에 1만 엔 정도 하는 옻그릇. 그걸 고른 이유는 명절에 우아하게 등장하는 떡국 그릇이나 찬합에 달라붙어 있는 무언가를 떼어 버리겠다는 고집이었는지 모른다.

된장국. 다키코미밥炊き込みごはん*, 소바, 우동, 소면. 덮밥에도 수프에도 어디든 써 봤다. 에잇, 하면서 신년 떡국에도 이 그릇들을 사용해 봤지만 아무 일도 일어나지 않았다. 평소의 익숙한 그릇이 새해를 축하하는 역할도 태연하게 해내고 있었다.

2년, 3년, 5년…… 정신을 차려 보니 옻칠은 장례 가마에서 스르르 내려왔다. 쿵 하고 땅에 발을 딛는 순간 안도의 한숨도 살

* 다이묘 | 넓은 영지를 가진 무사. 특히 에도시대에 봉록이 1만 석 이상인 무가를 뜻한다.
* 다메누리 | 옻칠의 일종. 단주(丹朱) 등으로 애벌칠하고 숯 따위로 광택을 지운 뒤 투명하게 옻칠을 해서 마무리한다.
* 다키코미밥 | 고기, 생선, 야채 따위를 섞어 지은 밥.

짝 내쉬며 무심코 흘린 대사가 들려오는 것 같았다.

(어깨의 짐을 내려놓으니 뭔가 상쾌해졌어.)

마침 그때였다. 옻칠 예술가 나쓰메 아리히코夏目有彦 씨의 옻그릇을 만난 건.

나쓰메씨는 국립민족학박물관의 교수이기도 하다. 자주 아시아 각지를 방문하며 옻칠의 부활에 힘을 쏟았다. 뒤늦게 알게 됐다. 그 미얀마의 칠공예는 물론, 아시아 곳곳의 칠의 역사문화는 여러 면에서 그의 손에 빚을 지고 있고, 만들어 내는 작품 안에 면면히 살아 숨 쉬고 있었다.

나쓰메 씨의 옻칠은 네고로칠根来塗●이다. 네고로칠을 만나고, 나는 붉은 색깔에 숨어 있는 심상치 않은 낌새를 처음 알았다.

가마쿠라시대부터 무로마치시대까지 융성한 기슈의 네고로지根来寺. 도요토미 히데요시에 의해 산 전체가 잿더미가 될 때까지, 엄청난 수의 수도원과 승방을 늘려 가며 절의 영역을 넓힌 결과, 승속까지 합쳐 2만 명 이상을 산속에 품은 일대 종교도시가 됐다. 네고로칠은 여기서 승려들의 손에 의해 만들어진, 일상에 사용된 집기와 공양물을 담는 불기佛器에 쓰였다. 중국이나 한반도 문화를 유연하게 받아들여 시대의 첨단을 걷던 사원에서 태어난 옻칠법은 충분히 대범하면서도 간소하고 힘찬, 낭비를 없앤 실용 본위의 견고함을 갖췄다. 쓸수록 조금씩 붉은 칠이 닳아서 농도 짙은 붉은색의 깊은 늪에서 칠흑의 색채가 배

● 네고로칠 | 붉은 옻칠을 하되 군데군데 검정색이 보이게 하는 방식.

어 나온다. 이것이 네고로칠이다.

나쓰메 씨의 네고로칠은 전통 방식을 이어 가며 거기에 귀얄자국*의 대담함과 섬세함을 더했다. 나무를 갈아 열심히 검은 옻으로 밑칠을 거듭한 후 마지막으로 단 한 번 혼신의 집중력을 솔에 담아 끄는 기법. 그릇의 표면을 달리는 선명한 붉은 자국에는 나쓰메 씨의 당당한 체구에서 발산된 숨 하나하나가 또렷하게 살아 있다.

한눈에 마음을 사로잡는 이상한 그릇이었다. 옻칠이 자아내는 평온함을 허무는 귀얄자국의 기운찬 파조破調. 하지만 거칠기만 한 건 아니다. 귀얄자국의 필치 너머로부터 밝은 기운이 배어 나온다. 네고로칠로 아시아의 조형을 살려낸다. 그것은 나쓰메 씨의 천성이 만들어 낸 경지였다.

먼저 뚜껑 있는 큰 주발. 이어 식사를 나를 때 쓰는 쟁반. 밤나무 흙칠 주발. 다도 찻잔. 나쓰메 씨의 옻칠을 만난 후 5, 6년간 오로지 그것만 쓰면서 다음 개인전을 기다려 새로운 작품을 구입하고, 그 후로도 계속 다음 작품을 애타게 기다렸다.

돌이켜 생각해 본다. 어깨의 짐을 내려놓고 가뿐해진 건 오히려 내 쪽이었다.

전혀 몰랐다. 옻그릇이 이렇게 편한 상대였다니.

뜨거운 것이든 차가운 것이든 무엇이든. 마늘과 고추를 넣은 올리브오일 파스타도, 화상을 입을 만큼 뜨거운 펄펄 끓는 된장

* 귀얄자국 | 귀얄은 옻을 칠할 때 쓰는 솔의 하나로, 귀얄자국은 이 솔이 지난 자리에 남은 자국을 말한다.

국도, 담아서 안 되는 것은 없었다. 손에 든다. 국이나 밥, 조림을 담는다. 입술을 댄다. 미지근한 물로 씻는다. 행주로 꾹꾹 닦는다. 말린다. 끝……. 이런 아주 당연한 일상의 식사와 차 마시기를 거듭했다. 즉 매일 사용해 손의 기름기나 물의 습기를 그릇에 전해 주는 게 가장 좋은 손질법이었다.

옻그릇에 대한 가장 잔혹한 처사는 쓰지도 않고 내버려 둔 채 습기를 빼앗아 마르게 하는 것. 애지중지 받들어질 예정인지 몰라도, 사실은 찬장 속에서 외롭게 눈물로 지새우고 있는 것이다.

20년이란 시간으로부터 해방되려면 비슷한 정도의 시간이 필요했던 듯하다. 처음에는 '나쓰메 씨의 옻그릇'이었지만 오직 한 결같이 계속 쓰다 보니 그냥 옻그릇, 그냥 사용자가 됐다. 무슨 업보인지 모르지만 나에겐 이렇게 번거로운 절차가 필요했다.

하지만 이별은 느닷없이 찾아왔다.

나쓰메 씨가 세상을 떠났다는 소식을 갑작스레 접한 아침. 언제나처럼 갓 지은 밥 그 위로 주르르 눈물이 떨어져 수증기 속에서 밥의 흰색이 배어 올라왔다.

손바닥에는 그릇만이 남겨졌다.

그리고 그때의 나로서는 감히 상상할 수도 없었다. 몇 년 후 다시 새로운 이별을 맞이하게 될 것이라고는.

다시는 솔을 쥘 수 없게 된 나쓰메 씨의 다도용 그릇 하나가 산산조각 나서 원래의 모습을 완전히 잃어버렸다. 다섯 개의 그릇 하나하나를 매일 차례로 사용해 그릇들이 제각각 미묘하게 표정을 바꾸며 천천히 커 나가던 중이었다. 네고로칠의 적과 흑이 점차 조화를 이뤄 가며 조용히 호흡을 가다듬는 모습을 지긋이 바라보며 살았는데.

결국은 다른 이의 손에 맡긴 내 잘못이 크다. 텔레비전 방송국 스튜디오 구석에 잠시 내팽개쳐진 다기는 주변에서 넘어진 사람의 몸을 정면으로 받으며 폭삭 깨져 버렸다. 그러나 그의 부주의를 질책하는 것은 잘못이다. 그만큼 소중한 것을 내 눈이 닿지 않는 곳에 둔 탓이다. 후회도 쓸쓸함도 분노도, 모든 감정이 나의 칠칠치 못함에 대한 한심함으로 귀결됐다. 하지만.

사람과 마찬가지로 물건과도 헤어지는 방법이란 게 있다. 옻칠 다기와 맺어 나간 것은 얇은 종이를 한 장 한 장 겹치듯 느리고 확실한 관계였다. 다른 사람 손에 있었다면 만지는 방법도 닦는 방법도 힘의 강약도 달라 옻그릇은 틀림없이 전혀 다른 변화를 보였을 것이다. 그것을 옻그릇이 내 몸을 사용해 가르쳐 주었다. 그런 유일무이한 관계가 뚝 하고 손도끼로 내리치듯 갈라지면서 작별 인사도 하지 못한 채 끊어졌다.

운명이란 단어를 쓰고 싶을 때가 이런 순간일까. 파편들 앞에서 당황한 나를 뒤로하고 옻그릇은 수선을 위해 다른 사람 손에 맡겨졌다. 옻그릇 하나가 사라졌다는 현실을 겨우 받아들인 반년 후, 그릇은 다시 내게 돌아왔다.

가슴 설레며 보따리에 손을 댔다. 눈에 익은 네고로칠의 적과 흑이 종이 사이에서 한순간 엿보이자 갑자기 그리움이 퍼졌다. 그리고 그릇이 모습을 드러냈을 때 나는 굳어 버렸다.

이를 수선이라고 한다면 "이건 아니지" 하며 퇴짜를 놓을 수

밖에 없다. 악전고투하며 겨우겨우 짜 맞춘 것처럼 보이는 파편들은 지나치게 화려한 금으로 수선돼 있었다. 봐서는 안 될 것을 본 듯한 충격으로 얼어붙어서는 힘없이 종이에 다시 싸 버렸다.

아, 그래서 헤어지는 법은 중요한 것이다.

물건의 아름다움도 추함도 사람의 손이 만든다. 500년 전 기슈의 산중 네고로지에서 태어난 독자적인 옻칠은 승려들에 의해 만들어졌다. 현대 네고로칠의 한 형태는 나가노 노카와무라에서 옻칠을 평생의 업으로 삼은 예술가로 이어졌다. 그리고 사용하면서 옻칠의 감촉에 윤기를 더하는 게 사람의 손이라면, 부수는 것 또한 사람의 손이다.

다기 하나에 바닥을 보이고 말았다는 느낌이 들었다. 겨우 해후하기는 했지만 다리는 휘청대고 있었다고 할까.

문득 생각했다. 옻나무는 상처 입은 구멍을 막기 위해 수액을 뚝뚝 떨어뜨려 주변을 덮고 열심히 스스로를 치료한다. 하지만 나무줄기엔 언제까지나 잘려 나간 깊은 상흔이 생생히 남아 있을 것이다.

낮게 드리운 엷은 먹빛 하늘에 흰 눈이 흩날린다. 싸늘한 냉기 속에는 겨울의 습기가 듬뿍 배어 있다. 노토能登●의 봄은 아직 한참 남은 것 같다.

와지마 시 미이마치우치야三井町内屋의 검양옻나무. 비스듬히

● 노토 | 이시카와(石川) 현 북부의 반도 지역.

자란 나무들의 숲을 뚫고 차를 몰고 가면 산속에 외딴집 한 채가 나타난다. 옻칠장이 아카기 아키토赤木明登 씨의 집과 공방이다. 이십대 후반 무렵, 도쿄의 출판사를 그만두고 와지마로 이주해 와지마 특산 칠기의 밑칠 장인으로 일하다가 4년의 고용계약 기간이 끝나 혼자가 된 후 수도와 전기를 직접 끌어와 만든 집이다. 지금은 일가족 다섯 식구, 두 명의 제자를 두고 있다.

내가 아카기 씨의 옻칠을 알게 된 건 십 년쯤 전이다. 독립한 후 불과 몇 년 되지 않은 때였는데, 와지마 특산 칠기의 전통 기법을 기본으로 한 그의 작풍에는 산지는 물론 국경과 시공간을 뛰어넘는 독자적인 아름다움이 있었다.

"쓸 수 있는 칠기도 만들고 싶어요." 실용을 겨냥한 그 그릇은 심플하지만 만든 이의 언어가 용솟음치고 있었다. 당연한 일이다. 실제로 아카기 씨의 옻칠은 일본과 서양 음식의 구분은 물론, 용도의 구분마저 뛰어넘었다. 빵이든 밥이든, 아침에 된장국을 담아도, 간식이나 아이스크림을 담아도, 같은 날 저녁에 스튜를 담아도, 또는 꽃과 식물을 담아 장식해도 전혀 이상하지 않다. 그리고 흰 유럽 도자기 옆에서도 태연한 얼굴을 하고 스르륵 녹아들었다.

옻칠의 범위 안에 머물려 하지 않는 매력적인 그릇. 그것은 옻칠이 열 수 있는 다음 세대의 새로운 문처럼 보인다. 그 지점에서 옻칠과 몇 번째인가 화해를 시도하기 위해 나는 노토행 비행기에 올랐던 것이다.

"변화하지 않는다는 이야기를 듣지만 요 십 년 동안 나의 칠물塗物은 많이 변했습니다. 매우 차분해졌다고 생각합니다."

아카기 씨는 자신의 만드는 것을 '칠물'이라고 불러 구분한다. '칠물'은 마구 사용되는 것, 도코노마®나 손님방에 장식하는 것은 '옻그릇'이다.

"나전과 금, 침금 등의 장식을 한 '옻그릇'은 특별한 것으로 여겨져 기술이 계속 연마돼 왔는데, 평소에 쓰는 '칠물'을 만드는 기술은 일단 사라진 것과 다름없었어요."

와지마에서 자신의 일을 찾았다고는 하지만, 그래서 아카기 씨는 더욱 고민했다고 한다.

"그냥 나뭇결을 튼튼하게 하는 것뿐이라면 다른 소재는 많아요. 그럼 왜 옻을 쓰는가. 그리고 몇 번 덧칠하면 사용하기엔 충분한 것 아닌가……. 생각할수록 알 수 없게 되었습니다."

정성껏 깎은 나무에 왜 그렇게 손이 많이 가는 밑칠 작업을 하는가. 나무에 천이나 종이를 입혀 보강해 문지른 후 생옻을 몇 번이고 덧칠하고, 땅에 갈고, 중간칠을 하고, 건조시키고 나서야 겉칠을 한다. 막상 완성하고 보면 안 보이는 부분에 대부분의 노력이 들어간다. 무늬가 없는 옻칠, 장식을 하지 않는 옻칠, 일상의 옻칠을 선택한 아카기 씨는 가장 복잡하고 번잡한 기초 작업에서 나름의 의미를 발견하고 싶어 고투했다. 그리고 그 후.

"실용만을 위한 건 아니에요. 착실한 밑작업은 옻칠의 본질을

® 도코노마 | 일본식 방의 상석에 바닥을 한층 높게 만든 곳으로, 인형이나 꽃꽂이로 장식하고 붓글씨를 걸어 놓는다.

만들고 이끌어 낸다는 점에서 장식의 역할도 하는 거 아니겠어요."

쿵 하고 납득이 갔다.

아카기 씨는 말한다. "'칠물'을 만드는 건 나무를 튼튼히 하기 위해서가 아닙니다. 옻칠 그릇을 사용할 때 동경이나 욕망, 기쁨, 행복감 등의 감정이 부풀어 오르지요? 사실 옻의 표면에는 뭐라 말할 수 없는 깊이가 있어요. 주술적이라고 해도 좋을지 몰라요. 그걸 눈치챈 사람이라면 옻칠에 뭔가 환상을 품고 싶어질 수 있죠."

"옻칠은 빨강과 검정밖에 사용하지 않아요. 하지만 실은 그 너머에 무한한 색의 알갱이가 있죠. 그 무한 가운데 이거라고 정한 옻의 색, 즉 자신을 찾아가는 작업이라고 생각합니다."

몇 백 년 몇 천 년 모두 이렇게 자신의 옻칠을 뒤쫓아 온 것이다. 기슈의 산중에서도 나가노의 노카와무라에서도 여기 와지마에서도. 그리고 미얀마에서도 태국에서도.

공방의 큰 유리창 너머, 어젯밤부터 계속 눈이 흩날리고 있다. 옻나무가 겨울의 마지막 바람 속에서 크게 흔들린다. 사시사철 나무들의 이런 웅성거림도 '칠물' 안에 제대로 들어 있다.

"옻칠이란 일은 매우 단조로워요. 하루, 일주일, 한 달을 계속 바르는 거죠. 일에 깊이 빠지면 저녁까지 훅 하고 기억이 사라질 때가 있어요. 손은 계속 움직이고 있는데 말이에요. 그때 '아, 이런 시간 때문에 이 일을 선택한 걸까'라고 생각합니다."

저기, 예를 들어 옻칠이 아니라 다코야키*를 굽는다 해도 그렇게 느끼실 거라 생각하세요?

"그렇지 않을까요. 그 일을 좋아한다면."

그 일을 좋아한다면. 나는 그 간결한 말의 깊이에 감동한다.

잃어버린 나쓰메 씨의 네고로칠 그릇에 그토록 쓸쓸하고 슬펐던 것도, 나쓰메 씨가 정말 마음 깊이 좋아하며 만들어 낸 그릇이었기 때문이다. 그리고 나 역시 무엇과도 바꿀 수 없을 만큼 그 그릇이 좋았기 때문이다. 즉, 보상을 바라지 않는 마음이었다.

나쓰메 씨가 떠나기 2년 전이었을까. 긴자의 전시장에서 나쓰메 씨와 나는 짧은 대화가 있다.

"저기에 놓인 큰 그릇, 나중에 내 유골함으로 쓰면 좋을 것 같아요. 그 전에는 꽃이나 물건을 넣어서 가까운 데 뒀다가."

"그거 누군가에게 말씀하셨어요?"

"아니, 아무한테도 말 안했는데."

큰 몸을 흔들며 눈을 가늘게 뜨고 나쓰메 씨는 즐거운 듯 장난스럽게 웃었다.

포동포동 둥그스름한 열 개의 굵은 손가락, 손톱 사이로 검은 옻이 깊이깊이 스며들어 있었다.

● 다코야키 | 물에 푼 밀가루에 잘게 썬 문어와 파 등을 넣고 동그란 틀에 부어 구운 것.

한잔하고 싶은 날

"저기, 술 한잔하지 않을래?"

해 질 무렵 갑자기 나미 씨한테서 전화가 걸려 왔다. 어제 이야기다. 하지만 공교롭게도 일이 있어서 함께하지 못하고, 하루가 지나니 새삼 억울한 기분이 계속 남았다.

그리고 오늘 깨끗하게 일 하나가 정리되고, 마침 화창한 초봄 오후. (이런 낮에 잔뜩 마시면 기분 좋겠지.)

한가로운 빛이 유혹한다. 좋아, 결정했어!

손에 쥔 것은 즐겨 먹는 '진키神亀' 컵술•이다. 이어 부엌 선반에서 찾아낸 소고기 야마토니大和煮• 통조림. 문득 생각나 쪄 놓은 봄 양배추. 이상 세 종류를 가방에 넣어 자전거에 싣고 화

• 컵술 | 컵 형태의 용기에 담겨 판매되는 술.
• 야마토니 | 소고기를 간장, 설탕, 생강 등을 넣고 조린 식품.

창함의 한가운데로 출발했다.

빠꼿. 컵술 뚜껑이 열리는 명랑한 소리. 통조림, 양배추를 함께 늘어놓고 공원 벤치에서 어른의 피크닉을 시작한다. 기다렸습니다, 라며 컵술에 입을 대고 추르릅. 음, 맛있어!

단술이 입안에 흘러든다. 그 순간 훅 하고 몸의 중심이 이완한다.

새싹이 트고 꽃은 절반쯤 피었다. 잔잔한 바람에 지저귀는 새들. 소고기 통조림을 안주 삼아 컵술. 봄 양배추가 달다. 이럴 때 절실히 생각한다. 아아, 어른이라 좋구나.

태양 아래에서나 기차 안에서 흔들리며 한가로이 먹는 컵술도 특별하지만 꽤 묵직한 됫병의 믿음직함도 훌륭하다. 나의 오랜 친구는 '진키'와 '다케쓰루竹鶴'로 둘 다 쌀로만 빚은 청주. 술은 "근심을 쓸어버리는 빗자루"라고도 하지만 근심만이 아니다. 맛있는 식사를 즐기고 싶어서, 추위를 누그러뜨리려, 기쁜 일이 있어서, 푹 잠이 들고 싶어서. 이유를 찾아 내, 아니 이유 같은 건 없어도 부드럽게 이완하고 싶을 때 술을 손에 드는 것이다.

그렇다고 해도 됫병 그대로는 재미가 없다. 어른은 여기서 조용히 가타쿠치片口*와 구이노미ぐい飲み*를 꺼내는 것이다.

낮이 길어지면 술을 담는 것은 가타쿠치다. 겨울이 끝나면 도

* 가타쿠치 | 귀때가 있는 큰 사발.
* 구이노미 | 크고 운두가 높은 술잔.

쿠리德利[*]에 데우는 것은 끝. 상온 그대로 맛보고 싶기 때문에 조르륵 조르륵 가타쿠치에 옮겨 담는다.

기다리던 술 표면에 잔물결이 일어 반짝이면 운치는 한층 깊어진다. 천천히 다른 손으로 슬쩍 기울인 잔에 따른다. 순식간에 기세 좋게 주둥이에서 흘러나오는 맑은 술. 그리고 갑자기 가타쿠치를 일으켜 세우면 똑 하고 흐름이 끊어진다. 탁자 위에 그런 가타쿠치가 있으면 결과는 최상, 최고의 도선사를 손에 넣은 것과 같다.

그런데 다음은 잔이다. 이 선택이 의외로 어렵다.

갓포割烹[*] 요릿집이나 이자카야에서 소쿠리나 바구니에 여러 가지 구이노미를 담아 내놓는 경우가 있다. 이런 방식은 싫다. 자신의 잔 하나 선택하는데 이것저것 고민하느라 시간 끌고 주위에 폐 끼치고, 그렇다고 딱 느낌이 오는 것을 반드시 발견하는가 하면 그렇지도 않다. 어쩔 수 없이 재촉당하는 마음으로 빠르게 하나를 손에 들고 보지만, 진짜 그걸로 마시고 싶었는가 하면…….

그게, 허세도 미묘하게 얽혀 있다. 조금씩 따라 마시는 게 성가셔서 큰 구이노미를 선택하고 싶은 게 본심. 그러면 너무 멋이 없는 건가 싶어서 가냘픈 잔을 집어 드는 것이니, 차라리 "이걸로 마셔"라고 하나 적당히 정해 주는 게 마음 편하다.

[*] 도쿠리 | 아가리가 잘쏙한 술병.
[*] 갓포 | 일본어로 칼로 잘라서 끓이거나 볶는다는 의미로, 재료 본연의 맛을 그대로 살린 일본식 요리를 말한다.

한편 자신의 집에서 잔을 고르는 거라면 망설임이 이미 즐겁다. 하나씩 모은 것들 중에서 마음대로 고르는 것인데, 최대의 선택 기준은 정취와 크기다. 또한 가타쿠치와의 궁합. 마시고 싶은 기분과의 궁합. 요리와 안주의 궁합. 다양한 궁합을 도모해 딱 그날의 기분을 형태로 만들 수 있다면 이거다 싶은 것을 고른다.

술병에서 따른 술이 잔 속에서 충분히 흔들릴 때 진짜 행복하다. 일주일 전 가라쓰唐津를 여행할 때 길가에서 봤던 간판 글귀를 기억하니 웃음이 났다.

"조심은 일 초, 부상은 평생, 소주 됫병 하나는 이천 엔."

천 엔 지폐 단 두 장으로 세상의 극락이 기다리는 것이다.

술은 사람을 대범하게 만든다. 그래서 사소한 일로 터무니없이 기쁘고 즐겁다.

처음 술을 입에 댄 것은 고등학교 2학년 때다. 아버지가 목울대를 울리며 맛있게 마시는 맥주 맛을 알고 싶어서 술집 아저씨가 배달해 온 상자에서 몰래 하나 꺼내 내 방에서 땄다. 처음 경험한 맛이 생소하기도 하고 맛없기가 상상을 초월했다. 두 모금 마시고는 밤중에 화장실에서 남은 술을 주르르 흘려보냈다.

그런데 지금처럼 컵술과 됫병과 와인과 아와모리泡盛*를 소중한 친구로 사귀게 된 것은 일단 '술맛을 알게 돼서'라고 할 수

* 아와모리 | 오키나와 특산 증류주로 인디카 쌀로 만든다.

있지만, 동시에 지우고 싶은 부끄러움과 숙취의 고통으로도 얼룩져 있다. 그러나 나름의 보상도 있다. 그런 경험 덕에 술을 맛있게 마실 수 있는 어른의 지혜만은 충분히 익혔다.

어떤 술이라도 안주 하나로 인해 좋은 술로 격상된다. 그렇다고 사치하자는 건 아니다. 술에 어울리기만 한다면 가까이 있는 게 좋은 안주다.

볶은 완두콩. 아작아작 바삭바삭 경쾌하게 장단을 맞춘다. 눈퉁멸(우루메이와시). 씹을수록 살과 뼈에서 맛이 배어 나오고, 좌중의 흥취를 돋우는 데 천하일품이다. 정어리포. 맛이 튀지 않아 술맛을 방해하지 않는다. 절임 음식. 알맞게 숙성된 가벼운 신맛이 술 안쪽에 있는 은은한 신맛과 호응한다. 어떤 술에도 잘 어울리는 치즈라고 하면 미몰레트 치즈. 올리브도 꽤 궁합이 맞는다. 마음에 드는 것을 냉장고 선반에서 꺼내 그릇에 올린다. 많을 필요는 없다. 오목조목 두세 개면 그걸로 충분하다.

술안주는 너무 맛있으면 안 된다. 어디까지나 주역은 술이다. 옆에서 술맛을 돋보이게 해 주면 그걸로 충분. 그런 흔한 안주 중에 홀딱 반한 게 있다. 사실 안주 딱 하나만 고르라고 하면 망설임 없이 바로 나온다.

"구운 유부!"

유부 한 장을 석쇠에 올려놓고 눌은 자국을 만들며 노르스름하게 굽는다. 석쇠가 귀찮으면 프라이팬도 상관없다. 앞뒤를 노릇노릇하게 잘 구워 향이 날 때쯤 슥삭 네모로 자르고, 거기에 생강을 넣은 간장을 조르르 붓는다. 일본 술도 와인도 소주도 아와모리도 어떤 술이라도 받아들이는 넉넉함이 대단하다. 일년 내내 이것만으로도 대만족이다.

술안주는 좀 쓸쓸한 정도가 좋다. 구운 유부에는 뭔가 표현하기 힘든 소박한 운치가 있어서 주변 공기를 차분하게 만든다. 하지만 일단 향을 맡고 맛을 보면 뚜렷한 깊은 맛이 점점 번져서 만족감을 불러온다. 이것이 바로 술을 돋보이게 하는 안주의 조건이며, 안주와 밥반찬을 가르는 경계 아닐까.

어른이 되면서 능숙해진 게 또 하나 있다. 혼자 마시는 술이다.

한잔하고 싶네. 혼자 있을 때 문득 생각이 들어도 집이든 밖이든 불편하지 않다. 밖이라면 혼자서 충분히 행복해질 수 있는 천국이 있다. 예를 들어 땅거미 질 무렵 바에서 마시는 진토닉, 하이볼. 흔들흔들 나사가 풀려 가는 상태를 체감하면서 차가운 유리잔을 기울이고 있으면, 이 순간을 위해 사는 게 아닌가 하는 생각까지 든다. 이따금 무턱대고 포렴을 젖히고 들어가고픈 이자카야도 고맙다. 카운터에 앉아 잔을 기울이면서 가게에 흐르는 공기에 살포시 감싸였을 때의 그 기분 좋음. 마치 좋은 탕에 몸을 담갔을 때 같다. 혼자 마시는 술은 자신이 가장 편안한 마음으로 시간 보내는 법을 터득해 가는 길이기도 하다.

집에서 즐기는 혼술이라면 고요히 가라앉은 한밤중이 좋다. 아무도 신경 쓸 일 없는데도 왠지 모르게 부엌에서 살금살금 하게 된다. 귀찮다는 생각을 억누르며 재빨리 나만의 상을 차린다. 가타쿠치에 우선 1홉. 콩접시에 치즈 조각 그리고 볶은 완두콩. 자, 그 상을 들고 어디로 가는가 하면 바로 창가의 소파다.

한밤중의 봄 달빛. 문득 바쇼의 시구를 떠올린다.

봄밤 기도하는 이 누굴까 불당 모퉁이

깊은 밤 혼자 마시는 술은 일본 술 또는 싱글몰트 위스키다. 단, 와인은 사양한다. 시간이 갈수록 화려하게 꽃피는 것 같은 와인의 취기는 나를 내버려 두고 훌쩍 앞서 가 버린다. 때론 아와모리나 소주도 좋다. 이때다 하며 비장의 술을 개봉하지는 않는다. 평소 익숙한 술을 평소처럼 마시기 시작하면, 비록 처음엔 걱정거리가 떠올라도 곧 머릿속이 텅 비면서 신선이 되어 날아오를 것 같다.

술이 주는 즐거움이란 무엇일까. 시간이 느슨하게 풀려 날아간다, 이것으로 충분하지 않을까. 혼자서도 둘이서도 여럿이 함께여도. 그리고 술은 시간뿐 아니라 거리도 공간도 문화의 차이도 시원스럽게 날려 버린다.

여행지의 하늘 아래에도 잊을 수 없는 술은 많다. 달과 별이 아름다운 가을밤, 몽골의 게르(이동식 집)에서 할아버지와 몇 잔씩 마신 건 집에서 만든 마유주馬乳酒●. 말도 통하지 않는데 싱글벙글 즐거웠다. 중국 산시성 지역 신문사가 주최한 연회에서는 함께 있던 대주가들이 장장 세 시간 동안 계속 전투적으로

● 마유주 | 말의 젖을 발효시켜 만든 술.

건배. 정성을 다한 두부 요리로 분위기가 와글와글 떠들썩했던 건 좋았지만 50도에 가까운 고량주를 수십 번씩 "건배" "건배" 하며 마시니 목이 타고 머리도 빙글빙글, 죽는 줄 알았다. 겨우 연회가 끝나 밖으로 나왔더니 태양이 일그러진 황금처럼 보였다. 태국 골든트라이앵글 인근 마을 아저씨에게 대접받은, 원래는 마음대로 만들어 먹으면 안 되는 찹쌀 증류주 라오 카오. 살며시 손짓해 부르더니 하시는 말씀. "자네에게만 특별히 주는 거네." 그만큼 맛 좋은 술로 훌쩍 뛰어올랐다.

여기서 문득 깨닫는다. 처음 만났는데도 순식간에 그렇게 즐거울 수 있는 건 술이 있었기 때문이다. 상대가 친한 사람이라면 더더욱. 술은 순식간에 서로의 울타리를 넘어 흉금을 터놓게 한다.

아, 역시 술 없이는 안 돼. 비록 한심한 실수와 반성, 숙취와 고통을 다시 맛본다 해도 늘 이렇게 생각한다.

술은 훌륭해. 좋은 거 같아.

혼자 술을 마실 때도 그런 기분을 안주 삼아 마시고 있다.

한밤중에 잼을 졸이다

7월 중순 오키나와에서 사흘을 보내고 도쿄로 돌아가는 날, 나하 공항에서 부모님 집에 애플망고를 보냈다. 공항 안에 있는 작은 과일 가게였는데 가게 앞에 죽 늘어선 윤기 나는 과일에 빨려 들고 말았다.

"전국 배송 가능합니다. 엄선해서 보내 드려요."

굵은 매직 글씨가 마치 '나만 믿어'라는 듯 등을 떠민다. 오키나와에서 이런 여름 소식을 받으면 아빠도 엄마도 기뻐하시겠지.

"두 개에 4,300엔, 배송료 별도입니다. 애플망고는 나무에 열린 상태로 완숙시켜요. 수확한 것을 바로 입하해 상자에 넣으니까 받으셨을 때 최상의 상태에서 드실 수 있습니다."

전표에 주소를 적고 있는 내게 가게 아저씨가 '최상의 상태'

를 두 번 반복했기 때문에 완전히 안심하고 있었다.

그리고 일주일 지났을 무렵.

"어땠어, 애플망고? 맛있었어?"

"응, 맛있더라. 상자를 열자마자 향기가 굉장했어. 아빠랑 두 개를 순식간에 먹었어."

어? 순식간에? 아빠와 엄마는 희귀하거나 맛있는 음식은 천천히 즐기면서 드시는 걸 좋아하는데. 의아하다 싶어서 이유를 묻고는 맥이 탁 풀렸다.

"실은 상자를 열어 보니 한 개는 흐물흐물 뭉개지는 중이고, 나머지 한 개도 뭐. 이거 큰일이네 싶어서 부랴부랴 어떻게든 먹을 수 있는 곳만 재빨리 잘라 먹었어."

전화기 너머의 엄마 목소리가 미안하다는 듯 작아졌다. 그랬구나. 아빠와 엄마의 입에 들어간 건 겨우 세 조각 또는 네 조각이었다고 하니 너무 심하다. 아저씨가 '최상의 상태'라고 했는데. 화를 내도 이미 늦었다. "그랬구나, 왠지 미안하네"라고 하니 엄마가 말했다.

"과일은 어려운 거야. 직접 골라서 포장한다면 몰라도."

그렇다. 그래서 잘 아는, 신뢰할 수 있는 가게를 선택하지 않으면 상대방도 나도 안타까운 꼴을 당하게 된다는 이야기다.

배송받을 때도 허들은 높지만 직접 껍질을 깔 때도 먹어야 할 최상의 시점을 정확히 파악하는 건 상당히 어렵다. '지금이다' 싶었는데 조금 딱딱하다. 또는 '좀 더, 아니 아직인가' 초조해하며 조심스럽게 기다리다가 무심코 시기를 놓치고 탄식하기도 한다. 보는 것만으로는 알 수 없다. 만지면 조금 알 듯하지만 먹어 보지 않으면 역시 불분명하다. 옛날 골든하프●도 노래했다.

> ♪ 젊은 아가씨 요염한 듯 아닌 듯 그런 듯 저기저기 금빛 체리가 귓전에서 으흥. 왠지 분하네. 농락당하고 있어.

예를 들어 아보카도. 아보카도를 살 때는 긴장하고 손가락 끝에 신경을 모은다. 일단 가게에서 팔고 있지만 아직 내 것은 아니다. 시집가기 전의 소중한 딸이다. 무턱대고 함부로 만져 망가뜨릴 수는 없다. 어둡게 가라앉은 검보라색 돌기를 잡아 살짝, 정말 살짝 손가락에 힘을 줘 눌러 본다. 그러면 표면이 약간 눌리면서 희미한 대답이 들려온다.

(네, 이제 슬슬 괜찮아요.)

또는 누른 손가락에 딱딱하게 다무는 기색이 전해져 온다.

(아직 안 돼요. 조금 더 기다려 주세요.)

손가락이나 피부로 느낀 것만 믿어야 한다. 신경을 잘 벼르다가 순간적으로 판단한다. 이건 충분히 먹어도 된다. 이건 너무 빠르다. 미묘한 차이를 파악한다.

하지만 잘못된 판단을 했을 때, 이건 한심하다. 자, 아침으로 먹어야지, 벼르며 칼을 대고 둥글게 칼집을 넣어 씨를 중심축 삼아 휙 비튼다. 껍질 속에서 나타난 투명한 녹색이 눈에 들어

● 골든하프 | 1970년대 초 활동한 여성 아이돌 그룹. 멤버 전원이 혼혈(일본어로 하프)이라는 설정이었다.

오고 동요한다. 꽉 닫혀 있다. 그야말로 딱딱해 보인다. 제철은 고사하고 농담도 통하지 않을 만큼 설익은 모습에 불안해진다. 그래도 시험 삼아 잘라 입에 넣어 보니 아니나 다를까 맛이고 뭐고 없다. 털썩.

멜론의 경우는 알기 쉽다. 제철이 다가오면 푹푹 향기를 발하기 시작한다. 머스크멜론이면 왠지 부끄러워질 정도다. 방구석에 놓아두면 날이 지날수록 향기가 농밀해진다. 달콤함 속에 무거운 나른함이 섞여 든다. 멜론 쪽에서 더 기다릴 수 없다며 스스로 단추에 손을 대며 옷을 벗으려 하고 있다. 향기는 점점 망측하게 밀도를 더해 가고, 향기를 맡고 있는 쪽이 참을 수 없게 된다.

결국 농락당하기 쉬운 것이다. 주춤하고 있으면 무심코 시기를 놓친다. 과일은 우쭐한다. 상황을 봐 단맛을 내려 했던 파인애플도 어느 날을 경계로 짠 하고 신맛을 늘려 버린다. 살짝 발효한 신맛이 도는 것이다. 점잖게 소극적으로 굴었던 이쪽이 나쁘다.

그래서 오히려 빨리 먹지 않으면 안 되는 과일이 마음 편하다. 딸기, 체리, 귤은 손에 넣는 즉시 먹는다. 타이밍을 놓쳐 단맛이 느슨하게 무너지기 전에.

그런데도 자꾸 실패한다. 신경 쓰지 않고 내버려 둬 검은 반점이 가득 생긴 바나나. 아까워서 껍질을 벗겨 조심조심 입에 넣으면 입안에서 풀썩 하고 주저앉는다. 냉장고 안에서 발견하고 황급히 둘로 자른 키위. 원망스럽게 껍질 아래가 투명한 색으로 변하고 있다. 부엌 바닥에 툭 하고 떨어뜨린 배. 곰보 같은 갈색 타박상으로부터 썩기 시작하고 있다……. 아, 또 이렇게 되다니. 어깨가 처지면서 분통이 터진다.

단, 한 가지만은 먹는 시점 판별에 자신 있는 과일이 있다. 백도다.

이유는 간단하다. 백도 산지에서 자랐기 때문이다. 백중날(음력 7월 15일) 선물로 받는 게 대부분 백도고, 엄마도 한여름이면 자주 사 오셨다. 특히 시미즈清水에서 생산되는 품종은 특출했다. 혀에 달라붙는 비단처럼 촉촉한 식감.

가지에 달려 있을 때 한 개씩 정성스럽게 봉투로 싸 키우기 때문에 붉게 물들지 않고 포근한 우윳빛 흰색을 띤다. 고귀한 맛이란 바로 이런 걸 말하는 게 아닐까. 향기도 혀의 감촉도 색깔도 모두 특별한 여름의 맛. 어렸을 때 여름은 백도의 계절이었다.

잡을 때는 양손으로 감싸듯. 손가락에 힘을 주거나 누르거나 하는 건 당치 않다. 상처 입은 흔적이 생기면 그곳이 갈색으로 변하고 상태가 나빠진다. 냉장고에 넣어도 안 된다. 서늘한 곳에서 향기가 날 때까지 계속 기다린다. 가볍게 복숭아 향기가 나면 손바닥에 올려 보고 묵직한 느낌이 들 때가 먹을 때다. 그리고 냉장고에는 한 시간 정도만 넣어 둔다. 차가움이 부족하다 싶은 정도가 딱 좋다.

너무 차면 모처럼의 부드러운 단맛이 약해지고 신맛이 도드라진다……. 이런 걸 늘 들으면서 먹어 왔기 때문에 백도를 다루는 법만은 몸에 배어 있어서 끊임없이 변하는 적당한 타이밍에 정확히 반응할 수 있다. "자, 지금이야." 덜 익은 과일을 완전히 숙성시키는 일은 꽤 생생한 것이다.

추숙追熟. 그것은 열매를 수확한 후 맛과 부드러움이 더해질 때까지 익히는 것이다. 막 딴 서양배도 키위도 망고도 멜론도, 여전히 딱딱하게 닫힌 조개와 같다. 키위는 20도 정도에서 숙성시켜야 신맛이 빠지고 당도가 올라간다. 서양배도 마찬가지다. 야마가타山形 출신의 친구가 가르쳐 줬다. 본가에서 도착한 라 프랑스●를 한 개 나눠 주며 말했다.

"라 프랑스는 이 녹색이 부드러운 황금색으로 변하기 전에 먹으면 안 돼."

벌써 30년 전 이야기. 당시 나는 서양배라고 하면 통조림밖에 먹어 본 적이 없었기 때문에 흥미진진하게 귀를 기울였다. 라 프랑스는 서양배의 여왕. 하지만 이름밖에 몰랐다.

"피부 전체가 노랗게 되면 조금씩 향기가 강해지고, 때가 되면 묵직해져. 그러면 꼭지의 봉긋한 부분을 가볍게 손으로 짚어 보고 살짝 주름이 질 때를 기다려 먹는 게 좋아."

자, 여기. 얇은 종이에 싼 라 프랑스를 건네받아 배운 대로 잠시 동아리방에 두었다.

잘 익은 라 프랑스에 칼을 넣었을 때의 그 감각은 지금도 잊을 수 없다. 통조림에 담겨 있던 서양배, 그것은 서양배라는 이

● 라 프랑스 | 서양배의 한 품종.

름을 가진 전혀 다른 과일이었다.

라 프랑스는 발랄 경쾌하면서도 귀족적인 향기를 뿜으며 혀 위를 요 삼아 곱게 누워 있었다. 끈적끈적 버터 같은 크리미한 식감에서는 주위를 제압하는 높은 자부심이 느껴졌다. 그리고 문득 시미즈 백도를 떠올렸다.

'과일은 생물'이다. 금빛 체리도 시시각각 변화한다. 그뿐 아니라 오전과 오후 사이에도 맛이 확 변하는 경우가 있다. 넘어서는 안 될 선은 어떤 음식에도 있지만, 과일의 경우 유독 무너져 버린 단맛에 끔찍한 기분을 맛본다. 너무 심한 일을 저질러 버렸어. 고기나 생선, 야채 때와는 미묘하게 다른, 순수한 것을 짓밟아 진흙으로 더럽힌 것 같은 씁쓸한 뒷맛, 죄책감.

그래서 쫓긴다. 짠 하고 골판지 상자에 담겨 도착한 감, 귤, 사과, 오렌지…… 굉장히 기쁘고 고맙다. 그러나 상자 안에서 '빨리 먹어 주세요' 하는 소리가 들려 환청인가 싶지만, 한 개 먹고 나면 또 들려온다. '다음에도 서둘러 주세요.' 다른 음식이라면 냉동이라는 방법이 있지만 과일은 냉동할 수 없다.(냉동 귤은 매우 좋아하지만 그건 또 다른 음식이다. 게다가 냉동 귤은 역시 기차에서 먹고 싶다.) 요컨대 한 봉지의 귤이라도 집에서 데굴데굴 구르고 있으면 그만큼 마음이 조급해진다.

'시간이여, 멈춰라.'

기다리거나 초조해지거나 서두르거나 당황하거나 후회하거나 반성하고 있는 사이 문득 이렇게 기도하고 싶어진다. 만약 절묘한 타이밍에 때마침 시간이 멈춰 준다면 얼마나 한시름 놓고 안도할 것인가. 더 이상 불안해하지 않아도 된다. 그런 종잡을 수 없는 몽상에 빠지기도 한다.

그런데 있었다! 좋은 방법이 있었다.

잼을 만드는 것이다.

피차 가장 행복한 때, 냄비 속에서 시간을 멈추게 한다. 그러면 불쌍해지지도 부패하거나 먹지 못하게 되지도 않는다. 지금이 가장 좋은 때. 그때 허둥지둥하고 있으면 가차 없이 시간의 공격을 받는다. 그러니 앞질러 잼을 만드는 것이다.

잼을 프랑스어로 confiture라고 한다. 최근 프랑스 잼의 화려함에 놀란다. 불을 붙인 것은 프랑스 알자스 지방의 여성 파티셰 크리스틴 페르베르Christine Ferber다.

병뚜껑에 흰 물방울무늬의 붉은 천이 하얀 리본으로 꽉 감겨 있는 페르베르의 잼을 처음 맛본 건 십 수년 전인데, 한입 숟가락으로 떠먹자마자 요동쳤다. 섬세하고 신선하면서도 자연스러운 단맛. 과일 자체의 맛을 살린 이 맛은 지금까지 가지고 있던 잼의 개념을 단번에 뒤집었다. 그리고 세계의 요리사와 파티셰들에게도 큰 영향을 끼쳤다. 알자스 지방의 딸기, 망고, 유자, 서양배와 초콜릿, 미라벨*, 루바브*, 나무딸기…… 직경 50센티미터 구리냄비에 졸여 만드는 수제 잼 맛은 어디까지나 매끈하고 자연스럽다. 백화점에서 가끔 구입하는 페르베르의 맛은 항상 충격을 선사한다. 잼이 이렇게 가벼운 것이었나?

* 미라벨 | 서양의 작은 자두.
* 루바브 | 대황. 장군풀이라고도 한다.

한번은 늦가을 한국 전라북도 순창을 방문했을 때의 일이다. 선비의 자손, 여든여섯의 이기남 할머니 댁을 방문했을 때, 할머니는 갓 딴 유자의 껍질을 도마 위에 차례차례 올리며 집중해서 잘게 썰고 있었다. 선비는 조선시대 때 학식이 높은 문인이나 학자를 의미하는데, 벼슬 없는 재야의 문인으로 존경받으며 인근 토지를 다스리기도 했다. 이기남 할머니는 열여덟 살에 선비에게 시집와 시어머니 밑에서 요리 수업을 받았고, 지금도 향토 요리 명인으로 유명하다.

"유자의 계절이 되면 매년 이렇게 껍질을 잘라 설탕과 함께 끓여. 그래, 가을의 끝자락마다 수십 년째. 눅진눅진하게 졸아든 껍질이 뜨거울 때 설탕을 묻히면 설탕과자가 돼. 도려낸 열매와 함께 껍질과 설탕을 번갈아 포개어 놓고 세 달 동안 기다리면 유자 껍질 절임이 되고. 유자가 열리면 가족이 총출동해 일제히 매달리지."

사람들과 함께 유자 껍질을 자르다 무심코 한숨을 쉬니 할머니가 말했다.

"우물쭈물하고 있으면 유자의 가장 맛있는 때가 도망가 버려. 그래서 아찔할 정도로 많지만 열심히 만드는 거야. 그 덕분에 일 년 내내 맛있는 유자를 먹을 수 있으니까."

자, 조금만 더 하면 돼. 늙어 둥글어진 등을 가끔씩 펴면서 방 안 가득 퍼지는 유자 향기 속에서 백발의 할머니가 나를 격려했다.

잼을 졸인다는 것을 특별히 어렵게 생각하지 않아도 되는구나. 이기남 할머니의 작업을 도우며 생각했다. 중요한 것은 왁스를 칠하지 않은 제철 과일을 사용하는 것. 산에 강한 냄비를 사용하는 것. 그리고 보글보글 약한 불로 지나치게 오래 졸이지 말고, 설탕을 넣고 껍질과 과즙, 과일을 함께 섞으며 걸쭉하게 졸이는 것. 그 정도.

레시피의 숫자에 얽매이지 않고 어림짐작도 괜찮다. 여러 번 만들다 보면 맛은 잡히게 되니까. 기분이 내키면 다른 과일을 섞어도 좋다. 쿠앵트로● 라든지 키르슈바서● 나 와인, 향신료를 조금 쓰는 것도 즐겁다.

그런 것들을 알게 되니 잼을 졸이는 건 내게 아무것도 아닌 일이 됐다. 과일이 꽤 많이 남을 것 같으면 조금 졸인다. 많이 받으면 일단 먼저 반만 잼으로 만든다. 거봉을 한 상자 가득 받았을 땐 껍질째 작은 냄비에 졸여 거즈로 짜 진한 포도주스를 만들어 봤다. 이렇게 간단한데 정말 고급 수제 주스가 만들어졌다며 흡족스러웠다.

그렇게 먹을 시기를 걱정하고 초조해했으면서 잼 만들기에 익숙해지니 여유만만이다. 자, 한가득 방문해 주신 걸 환영합니다. 과일 가게의 할인 판매도 대환영, 자몽도 딸기도 파인애플도 어서 오세요.

또 하나 은밀한 즐거움이 있다. 잼은 새벽의 고요함 속에서 졸인다.

세상이 완전히 어둠에 싸여 소리를 잃은 밤, 살짝 씻어 꼭지

● 쿠앵트로 | 오렌지 껍질로 만든 프랑스 리큐어.
● 키르슈바서 | 체리로 만든 증류주.

를 딴 딸기를 통째로 작은 냄비에 넣고 설탕과 함께 끓인다. 그것뿐이다. 그러면 밤의 정적 속에 감미로운 향기가 섞이기 시작한다. 어둠과 침묵 속에서 천천히 누그러지는 과실을 독차지한 행복감으로 벅찬 기분이 든다. 냄비 속 딸기가 스르르 부드러워지면 마무리로 레몬을 몇 방울 톡. 불을 끄고 그대로 둔다.

다음 날 아침. 완전히 식은, 윤기 있게 빛나는 잼이 태어나 있다. 자, 막 만든 잼을 바삭바삭한 토스트에 바르고 베어 문다. 지난밤 냄비 속에서 펼쳐진 일이 비밀스런 꿈처럼 느껴져 아주 살짝 현기증이 난다.

그래서 한밤중에 잼을 졸인다.

냄비 속을 들여다보다

나의 맛국물 이야기

"너 따위에게 가쓰오부시•를 만지게 하지 않겠다!"

오호, 이런 막말을 듣다니. 찌르르, 주방의 공기를 얼어붙게 만드는 주방장의 호통에 움츠러드는 한편 나는 묘하게 납득했다.

발끝부터 찡 하고 냉기가 올라오는 일본 요릿집 주방. 생각 없이 무의 잎을 버렸다는 이유로 젊은이들이 갑자기 발길질을 당하고, 창백한 얼굴이 딱딱하게 경직된다.

가쓰오부시는 일본 요리의 근본이다. 또 가쓰오부시와 다시마를 우려낸 맛국물이 음식의 맛을 쥐고 있다. 탕, 국, 무침, 아와세즈合わせ酢•, 달걀말이…… 맛국물의 맛으로 음식 맛이 결

• 가쓰오부시 | 가다랑어 살을 저며 증기로 찌고 건조시켜 곰팡이를 피운 일본 가공식품. 국물을 내는 데 주로 쓰인다.

• 아와세즈 | 여러 가지 조미료를 탄 식초.

정된다. 음식점뿐 아니라 가정에서도 마찬가지다.

감자된장국 하나도 맛국물이 없으면 허탕이다. 갓 지은 밥도 슬픈 허공을 떠돈다.

하지만 고백하자. 바쁜 일상에 찌들어 있을 때 나는 슬쩍 이렇게도 생각했다.

(모든 요리에 항상 진지하게 맛국물을 냈더니, 이번엔 내 몸이 견디질 못하겠어.)

일은 배후에서 덮쳐 오고, 택배 기사는 현관 벨을 울리고, 빨래는 말리지 않으면 안 된다. 어린아이는 배고프다고 꺅 우는데, 지금 당장 장을 보러 달려가지 않으면 가게 문이 닫힐지 모른다. 벽에 내몰려 숨이 끊어질 듯 끊어질 듯, 그런 상황에서 "음식은 맛국물이 기본이니까"라고 잘난 체하는 말을 들으면 폭발하고 만다.

(알고 있다고요, 그 정도는.)

알고 있지만 맛국물을 낼 수가 없다. 그런 때가 적지 않게 있다.

맛있는 국물을 만들고 싶다. 처음 우려낸 맛국물도 두 번째 우려낸 맛국물도 손쉽게 다루어 국물이 제대로 밴 맛있는 요리를 만들고 싶다. 그러나 그 모든 수고가 귀찮은 때가 있다. 그것은 부엌에 선 사람들 모두의 비통한 외침이라고 거리낌 없이 말할 수 있다. 하지만 동시에 '우려내지 않으면 안 되는 맛국물의 굴레'에 사로잡혀 있지는 않은가. 나도 굴레로부터 해방돼 맛국물과 좀 더 편하게 지내고 싶다.

그럼, 어떻게?

크고 노란 수세미 꽃이 활짝 피어 있다. 그 옆에는 속이 꽉 찬 굵은 여주가 주렁주렁 달렸다. 할머니의 샌들을 빌려 신고 씀바귀나물을 캐러 마당으로 나오니 강한 햇빛이 따라온다.

이리에入江 천변을 따라 마을이 점점이 들어선 오키나와의 오기미무라大宜味村. 화창한 공기가 '무릉도원'이라는 네 글자를 문득 떠올리게 한다. 마을을 찾은 지 사흘째. 부엌에서 점심 준비를 하는 다케 할머니 옆에서 씀바귀나물을 씻으며 내 몸속의 시간 축은 완전히 녹아내리기 시작했다.

"자, 냄비 물이 끓고 있네."

양은냄비에 물을 충분히 담아 불에 올리고, 거기에 돼지고기 덩어리를 넣는다. 껍질이 붙은 돼지삼겹살 800그램. 거품을 떠내며 부글부글 끓이고 고기가 익으면 접시에 꺼낸다.

다케 할머니, 뭘 만드시는 걸까.

"고기는 작게 썰어 고야 찬푸르*에 쓰려고. 육수는 반씩 나누어 떠 둬. 절반은 낮에 소면 국물로, 나머지 절반은 내일 조림에 쓰게."

돼지고기는 우선 삶는다. 덩어리든 얇게 자른 고기든 반드시 먼저 삶는다. 삶은 물은 버리지 않고 모두 육수로 살리려 신경 쓴다. 오기미무라에서도 슈리首里에서도 이시가키石垣 섬에서도 모두 마찬가지.

즉 오키나와 부엌에서 돼지고기는 고기를 먹는 것뿐 아니라

* 찬푸르 | 오키나와 향토 요리 중 하나. 두부와 채소를 볶아서 만든 대표적인 가정식이다. 고야(여주)를 넣은 고야 찬푸르가 가장 일반적이다.

귀한 육수의 기반이다.

고기 맛이 우러난 국물은 절대 허비하지 않는다. 더구나 가쓰오부시를 우려낸 국물과 섞어 더 복잡한 맛을 낸다. 이것이 오키나와 요리 맛의 근간이다.

"자네, '아지쿠타アジクーター'라는 오키나와 말 알아?"

'아지쿠타'는 맛이 진하다는 뜻이다. 그러나 조미료로 진한 맛을 낸 게 아니라 맛국물을 제대로 내, 즉 맛의 줄기를 되도록 굵고 당차게 만들었다는 뜻이다.

그래서 이리치炒り煮● 하나에도 간장은 놀랄 만큼 적게 들어간다. 오키나와에서 몇 번이나 같은 말을 들었다.

"본토처럼 간장, 미림을 많이 넣으면 너무 짜서 뭘 먹고 있는지 도무지 알 수 없게 돼."

간장은 어렴풋이 향만 살짝. 육수만 있으면 나머지는 소금으로 충분. 그래서 오키나와에서의 조미료 사용량은 일본 전국에서 가장 적다.

다른 냄비의 물이 끓는다. 이번에는 다케 할머니가 가쓰오부시 봉투를 꺼내 대충 손에 쥐고 그대로 냄비에 던져 넣는다.

보글보글, 보글보글.

"할머니는 맛국물을 낼 때 항상 이렇게 끓여요?"

"그럼. 잘 끓여서 제대로 내지 않으면 안 돼."

한 번 우린 맛국물도 두 번 우린 맛국물도 그간의 방법과는

● 이리치 | 잘게 자른 재료에 맛국물을 넣고 볶는 오키나와 요리.

다르게 만든다. 가쓰오부시가 냄비 안에서 대운동회를 벌인다. 어느 주방장이 봤다면 거품을 물고 졸도할 것이다. 그러나 이것이 아지쿠타의 비결이다. 족히 5분 끓였을까. 다케 할머니는 소쿠리를 놓고 거기에 육수를 여과한다. 향이 상당히 진한 육수. 거기에 소금과 막 삶아 낸 소면을 넣어 할머니는 소면 국물을 만들었다.

돼지고기로 맛국물을 만든다.

거기에 가쓰오부시를 넣어 진한 맛을 더한다.

돼지고기 육수와 가쓰오부시 우려낸 국물을 섞을 수 있다.

충격이었다. 오키나와의 여러 부엌에서 되풀이되는 이런 광경을 보고 있는 가운데 내 눈에서 무심결에 비늘이 벗겨졌다. 이것으로 좋다. 게다가 다른 방법을 쓰지 않더라도 맛국물이 제대로 스미기만 하면 아무리 소박한 밥이라도 깊은 만족감을 줄 수 있다.

마음은 확실히 편해졌다. "별거 아니야." 능숙하게 아름다운 맛국물을 내지 않으면 안 돼, 라고 마음을 다잡고 기다리기 때문에 지치게 된다. 끝내주게 맛 좋은, 아주 맑은 것만 맛국물인 게 아니야.

먼 길이었다. 오키나와에 와서야 간신히 속박으로부터 해방됐다.

맛국물이란 도대체 뭘까.

물에 우러난 맛과 향이다. 맛국물은 재료가 갖지 못한 맛을 더하고 보완해 풍부한 맛을 만든다. 이것이 맛국물의 역할이다.

원래 지금과 같은 가쓰오부시가 등장한 것은 에도시대 전기. 그전에는 가다랑어를 끓인 국물을 '이로리色利'라 부르며 조미료로 써 왔다. 그런데 '이로리'를 낸 후 그 건더기를 더 삶아 건조시켜 보관하게 됐다. 그리고 엔포 연간延宝年間(1673~1681년), 가다랑어 건더기를 졸인 후 훈제해 말려 곰팡이를 피우는 방법이 도사土佐에서 고안됐다고 한다. 곰팡이에 의해 매우 좋은 맛 성분이 더해져 가쓰오부시는 그 후 일본 요리의 맛을 결정하게 됐다.

다시마도 마찬가지다. 고대에는 진상품이나 제사를 위한 귀중품이었지만 점차 국과 찌개 등에 쓰였다. 에도시대에 들어서도 다시마는 어디까지나 국의 건더기였고, 조미료 또는 맛국물의 역할을 맡은 건 가쓰오부시에 비해 꽤 늦었다.

역시 긴장하지 않아도 좋은 것이다. 가쓰오부시 국물도 다시마 국물도 원래는 '건더기를 우려낸 국물'이다. 맛있는 맛만 낼 수 있다면 뭐든 국물이 된다 생각하면, 가쓰오부시, 다시마 외에도 많잖아?

홍콩에서 인기가 높은 완탕면 가게의 주방. 아이도 들어갈 수 있을 만큼 큰 솥에서 국이 펄펄 끓고 있었다. 솥 안에서 찰랑찰랑 흔들리고 있는 갈색의 물체는 무엇일까.

"다이데이위大地魚입니다. 우리 가게의 맛을 결정하죠."

닭뼈만이 아니다. 다이데이위, 즉 말린 가자미를 조합해 삶으면 국물에 훨씬 복잡하고 짙은 맛이 밴다. 원래 완탕면은 서민의 맛. 친밀한 한 그릇으로 손님을 충분히 만족시키기에는 닭뼈의 산뜻한 국물만으로는 조금 부족한 것이다.

또는 베트남 호치민. 십 년째 새벽 5시부터 대성황을 이루는 쌀국수 전문점의 주방. 이웃 가게들과의 맛은 분명히 다르다. 여기 국물은 마지막 한 방울까지 마시고 싶어진다. 대체 그 국물의 비밀은 뭘까. 냄비 속을 살펴보는 내게 가게 주인은 아무렇지 않게 귀띔했다.

"소뼈를 듬뿍 사용합니다. 그리고 오징어 넣는 것도 비결입니다."

육수에 오징어! 그러고 보니 중국에서 오징어는 국이나 볶음에 쓰는 훌륭한 육수 재료다.

중국 요리는 참으로 다양한 '건화乾貨', 즉 말린 식재료를 맛국물 내는 데 쓴다. 건화의 위력에 놀란 건, 예를 들어 중국 광둥 지방에서 죽을 먹을 때였다. 산뜻하게 심플한 흰죽을 만들 때도 말린 조개관자와 말린 새우, 닭뼈 등을 자유자재로 조합해 낸 짙은 맛국물로 쌀을 끓인다. 원래 재료를 말리면 말리는 과정에서 단백질이 유리아미노산으로 변해 맛있어진다. 영양가도 응축된다. 그렇기 때문에 손 안에 쏙 들어오는 작은 한 공기의 흰죽이라 해도 쿵 하는 묵직한 만족감을 준다.

그 외에 진화훠투이金華火腿● 와 말린 표고버섯도 중요한 육수

● 진화훠투이 | 중국식 햄. 돼지고기의 다리 부분을 각종 소스에 절여 통풍이 잘 되는 서늘한 곳에서 말린다.

의 재료다. 차오저우潮州 요리인 생선 스가타니姿煮●에는 꼭 우메보시梅干し●가 들어간다. 생선 냄새를 잡고 동시에 가벼운 신맛을 내는 우메보시는 참으로 좋은 역할을 한다. 중국 음식의 교묘한 지혜에는 감복할 수밖에 없다. 어쨌든 우메보시 한 알에서도 좋은 맛이 나온다는 그 지점을 놓치지 않는다.

한번은 이탈리아 토스카나, 요리 잘하는 독신 할머니의 부엌을 찾은 밤이었다. 남아 있는 양파와 샐러리, 당근과 토마토를 부글부글 끓이면서 할머니는 냉장고에서 유리병을 꺼냈다.

"이걸 넣으면 아주 맛이 좋아."

숟가락으로 뚜껑을 따고 꺼낸 둥근 알은 올리브. 올리브는 그냥 먹을 뿐 아니라 조림이나 국물 내는 데도 쓰이는 뛰어난 식재료라는 걸 그때 처음 알았다.

이것도 저것도 맛국물의 재료가 된다. 지극히 좋은 맛을 내면, 뭐든 맛국물의 토대인 것이다.

이 사실을 간과해서는 안 된다.

"감기에 걸려 오랜만에 한참 잤어."

남자 혼자 사는 건 이럴 때 당황스럽다. 사에키 씨가 낫기 시작한 코를 훌쩍이며 호지차焙じ茶●를 후루룩 마시고 있다.

"이젠 괜찮아? 밥은 어떻게 했어?"

● 스가타니 | 생선 등의 모양을 흐트러뜨리지 않고 원형 그대로 조리한 것.
● 우메보시 | 일본의 절임 음식 중 하나로, 매실 열매를 소금에 절이고 햇볕에 말린 후 붉은 자소라는 식물로 물들인다.
● 호지차 | 볶아서 달인 엽차.

"그게 말이죠, 갓절임 덕에 살았어요."

사에키 씨의 이야기는 이렇다.

부엌에 설 기운도 기력도 없다. 그러나 영양을 섭취해야 한다. 열이 있으니 국물이라도 먹지 않으면 안 돼. 이대로 이불에 누워만 있어서는 말라비틀어지고 만다. 그래서 기다시피 해 냉장고를 연 사에키 씨의 눈에 들어온 것이 갓절임이다. 퍼뜩 떠올랐다.

'야채를 써는 것도 귀찮아. 절임에 물을 부어 국을 만들자.'

그리고 갓절임과 단무지를 적당히 쓱쓱 썰어 사발에 듬뿍 넣고 끓인 물을 부었다. 거기에 된장을 한 숟가락 넣고 푼 후 간장도 찔끔. 벽에 내몰린 38세 남자가 새롭게 제안하는 갓절임 된장국이 완성됐다.

"이야, 덕분에 살았어. 절임 음식에서 진짜 맛있는 국물이 나오더라고요. 시치미七味●를 조금 넣었더니 몸이 뜨거워졌어요."

갑자기 생기가 솟은 사에키 씨는 다음 날 부엌에 서서 죽을 쑨 후 다시 한 번 우메보시와 함께 갓절임을 넣어 봤다. 뭐라 할 수 없이 오묘한 맛이 죽에 스며들어 입맛이 당겨 자기도 모르게 한 그릇 더. 감기는 가뿐히 물러갔다는 게 사건의 전말이다.

기운 없을 때, 피곤할 때, 맛이 잘 밴 국물이 혀에 닿으면 깊은 안도감을 느낀다.

맛국물에는 맛과 향뿐 아니라 아미노산과 영양 성분도 함께

● 시치미 | 고춧가루, 산초, 유자, 김, 깨, 진피 등 일곱 가지 양념을 섞은 향신료.

배어 있다. 그래서 비록 한 공기, 한 숟가락이라도 맛국물만 효과를 발휘한다면 배 속 가장 깊은 곳에서부터 천천히 힘이 솟아난다.

그래서 맛국물을 어떻게든 가까이 두고 싶어진 나는 계책을 짜냈다.

밤 시간을 빌리는 것이다.

부엌에 서서, 즉 요리를 시작하기 전에 맛국물이 이미 만들어져 있으면 얼마나 마음 편할까? 그래서 밤에 자기 전, 냄비에 물을 담아 말린 표고버섯과 다시마를 넣어 둔다. 하룻밤 지나면 말린 표고버섯에서도 다시마에서도 좋은 맛이 우러나 있다. 표고버섯은 포동포동해지니 일석이조. 멸치도 마찬가지다. 내장을 제거하고 물에 담가 두면 하룻밤 사이에 맛이 천천히 우러난다. 일체의 수고도 없다. 냄비 속 맛국물은 아침 된장국에 써도 좋고, 냉장고에 보관했다가 저녁에 조림, 국에 써도 좋다. 단지 이것만으로 여유로움이 생긴다.

재미있는 건 일단 맛국물과 손을 잡으면 길이 단번에 열린다. 돼지고기나 닭고기를 밤에 삶아 고기가 익으면 냄비째 내려 그대로 하룻밤 둔다. 아침에 하얗게 굳은 기름을 떠내면 아주 맑은 국물이 냄비에서 청초하게 웃고 있다. 삶은 고기는 썰거나 찢거나 굽거나 하면 된다. 모두 오키나와에서의 학습 효과다.

맛국물만 있으면, 맛국물만 맛있으면, 나머지는 팔 걷어붙일 필요도 없다. 예를 들어 그냥 파만 우려낸 국물도 충분히 맛있다. 맛국물은 요리 맛의 중심이 되어 전체를 지탱해 주는 존재다.

그런데 이 '맛국물 이야기'에는 덤으로 따라온 의외의 소득이 있었다. 때때로 몹시 정중한 태도로 최고의 맛국물을 만들고 싶어진다는 것. 속박에서 벗어나 편하게 가자, 라고 휘파람 불며 한 바퀴 돌았더니 제자리로 돌아왔다. 이건 여러 맛국물을 시험하는 와중에 어깨의 힘이 완전히 빠져 여유가 생겼다는 뜻일까.

나는 혼자 부엌에서 득의한 미소를 짓는다. 누가 뭐라 해도 맛국물은 손의 습관이자 혀의 습관이다.

딱 맞는 소금 간

짜다. 혀뿌리가 쑥 줄어든다. 오랜만에 저지른 대실패에 쓴웃음을 지었다.

오키나와에 '스치카スーチカー'라고 하는 돼지고기 소금절임이 있다. 소금을 듬뿍 묻힌 전통적인 보존식품이다. 선물로 받은 돼지 껍질이 붙어 있는 스치카의 절반을 두툼하게 잘라 감자와 함께 끓였는데, 소금기를 빼야 한다는 것을 깜박 잊고 냄비에 넣어 버린 것이다.

짠맛. 짠맛은 쉽게 궤도 수정이 되지 않는다. 술과 미림을 더해 맛을 순하게 하려 해도, 물을 더 넣어 소금기를 희석시키려 발버둥 쳐도 짜다는 본성은 막무가내로 남는다. 체념한 나는 어떻게 했을까. 할 수 없이 냄비의 국물을 다 버리고 스치카를 다시 데쳐 소금기를 빼고 처음부터 다시 시작했다.

소금 간. 맛의 모든 건 여기서 비롯된다. 생각해 보면 음식을 만들어 온 35년은 나만의 소금 간을 결정하는 학습과 훈련 기간이 아니었나 싶다. '휙휙 소금을 뿌리면 금세 언제나 그 맛'을 동경했다. 그게 열여덟 살 나의 큰 꿈이었다.

소금이 정해지면 맛도 결정된다.

요리의 맛을 딱 결정하는 큰 바탕은 간장의 양도 불을 쓰는 방식도 아니다. 우선은 소금의 양, 즉 소금 간이다. 맛을 느끼는 진폭은 사람마다 다르고, 거기에 좋아하고 싫어하는 취향도 상당 부분 포함되기에 실제로는 꽤 차이가 있다. 그런데 짠맛에 이르면 허용량의 입구도 좁아지고 깊이도 얕아진다. "소금 간이 잘됐네"와 "이거 짜다", 그 차이는 겨우 머리카락 한 가닥이나 얇은 종이 한 장의 위험성이다. 그것을 '휙' 한 번의 손놀림으로 정한다는 건, 소녀에게는 아무래도 무리였다.

바닷가에서 먹는 주먹밥과 산에서 먹는 주먹밥은 맛이 전혀 다르다. 초등학교 3학년 때의 대발견이다. 형태도 크기도 늘 같은 엄마의 주먹밥인데도 바닷가에서 먹으면 짜고, 산에서 먹으면 산뜻하게 담백하다. 왜일까?

그것은 바닷바람 탓이다. 입술에 달라붙은 바닷물이 밥알을 덮어 소금기를 갑자기 끌어올려 짠맛이 증가한다. 게다가 바다에서도 산에서도 공통되는 대발견이 하나 더 있다. 주먹밥을 먹으면 지친 몸에 기운이 돌아온다. 배가 부를 뿐 아니라 소금 간이 원기를 불러들인다.

소금에는 맛이 있다. 소금의 맛은 기운이 나게 한다.

어른이 되고 나서 이것을 내 몸이 가르쳐 준다는 걸 알게 됐다. 땀 흘리는 여름에는 그만큼 몸에서 염분이 나온다. 그래서 국물의 소금기를 조금 더 진하게 한다. 반찬의 소금 간도 아주 살짝 더. 간식도 달콤한 비스킷보다 소금 간을 한 비스킷이 맛있게 느껴진다.

"식욕이 없을 땐 소금물을 마셔요."

마키 씨가 업무 이야기 도중 무심코 말했다.

"아침에 일어나 컨디션이 좋지 않아 식욕이 없다 싶을 때는 뜨거운 물에 소금을 풀어 홀짝거리면 왠지 힘이 나요."

과연 그렇구나. 설탕물로는 그럴 수 없다. 왜냐하면 천천히 녹아내린 소금의 맛은 그저 짠맛만이 아니기 때문이다. 달콤한 맛, 씁쓸한 맛, 알싸한 맛, 신맛. 여러 가지 맛이 복잡하게 뒤섞여 있다. 감칠맛, 미네랄도 담겨 있다. 거기에 반응해 몸에 힘이 나는 것이다. 단, 소금이라면 뭐든 좋다는 건 아니다.

요즘 백화점 소금 매장에 들어서면 우왕좌왕 헤매게 된다. 1997년에 소금 전매법이 폐지되고, 이어서 5년 후 완전 자유화되면서 갈팡질팡하는 사이 종류가 나날이 늘어났다. 세어 보니 근처 슈퍼에 26종, 신주쿠의 백화점 식품 매장에는 90종 가까이 됐다. 주된 종류는 일본 각지에서 제조된 자연 천일염과 외국 암염 등의 수입 소금. 한 손에 꼽을 정도밖에 없는 정제염은 선반 구석에 자리 잡아 아무래도 입지가 좁아 보인다.

소금을 골라 사는 시대가 된 것이다. 그럼 어떤 소금을 선택할까? 갑자기 거리에서 마이크를 들이대면 뭐라고 대답할까?

"음, 맛있는 소금!"

기분은 알지만 그래서는 90가지 중 '이거'라고 하나를 고를 수 없다.

하지만 어쨌든 1905년에 소금 전매법이 시행되고, 1971년부터는 염전에서 소금을 만드는 것도 금지됐다. 일본에서 소금은 전매법이 폐지될 때까지 사반세기, 이온교환막법으로 만든 염화나트륨 99퍼센트 이상의 정제 소금만이 독점 판매된 것이다. 그러다 갑자기 '너 좋은 대로 골라도 돼'라는 지시가 나오니 머뭇거리는 게 당연하다.

줄곧 해외여행을 가면 소금 사 오는 게 습관이었다. "선물로 뭐가 좋아?" 물으면 "소금으로 부탁해요." 왜냐하면 일본에서는 다양한 소금을 살 수 없었기 때문이다. 프랑스 · 이탈리아 · 한국의 천일염, 중국 · 영국 · 독일 · 네덜란드의 암염, 남미 염호塩湖●의 소금. 짠맛의 옅고 진한 정도, 풍미도 모두 다르므로 알수록 흥미로웠다. 여행지 태국에서 우연히 맛본 소금이 갑자기 마음에 들어 5킬로그램을 트렁크에 쑤셔 넣었다가 중량 초과로 공항에서 문제가 된 적도 있다. 어쩌면 그런 식으로 꾸준히 '나만의 소금 맛'을 넓혀 온 것이다.

기회가 찾아온 건 2003년. 노토를 여행하던 중 어떤 소금을

● 염호 | 물에 염분이 많은 호수.

만났다. 일본에서 소금이 완전 자유화된 이듬해였다.

노토 반도 깊숙한 곳에 있는 니에仁江 해안. 와지마輪島에서 스즈珠洲로 향하는 해변으로 차를 몰고 달리면, 센조지키千畳敷라 불리는 넓은 암초를 뒤로하고 오래된 작은 띠지붕의 오두막이 짠 하고 나타난다. 그 앞에 모래를 깐 짙은 갈색 빛깔의 땅이 펼쳐져 있다.

"염전이에요. 일본에 단 하나, 에도시대부터 전해지는 제조법을 지키는 아게하마揚げ浜식● 염전입니다."

노토의 친구가 말했다. 가을, 겨울은 이렇게 염전을 쉬지만, 봄이 오면 통에 바닷물을 길어 와 사람 손으로만 소금을 만든다고 한다.

"이 소금, 맛이 아주 깊고 맛있어요."

소금 오타쿠(바로 접니다)는 뛸 듯이 기뻐했다. 차를 달려 한 봉지 사러 간 것이 가쿠하나 기쿠타로角花菊太郎 씨의 소금이다. 그리고 푹 빠졌다.

희미한 회색빛을 띤 온화하고 아름다운 흰 소금. 손가락을 대면 촉촉한 수분이 느껴진다. 소금 몇 개를 혀 위에 올리면 좍 스며 퍼지는 다양한 맛. 짠맛 속에 부드러운 맛이 가득 차 있고, 뾰족한 곳이 전혀 없다. 천연 자연의 잡미도 함께 담은 꼬임 없는 솔직한 바다의 맛. 그 후로 나는 노토를 여행할 때마다 니에에 들러 사고 또 샀다. 부엌에서 손을 뻗으면 어느새 가쿠하나

● 아게하마식 | 해수를 모래 위에 뿌려 햇빛에 건조시켜 소금을 추출하는 방법.

기쿠타로 씨의 소금에 닿게 되었다.

쨍쨍 한여름의 태양이 피부를 태우는 8월. 나는 니에 해안 염전에 섰다.

에도시대부터 이어지는 아게하마식 소금 만들기를 드디어 직접 확인하고 싶었다. 나 자신의 맛을 맡기는 소금이니까. 노토의 깊은 바닷물이 대체 어떻게 낱알의 소금으로 거듭나는 걸까. 그것을 알려면 소금 만들기가 한창인 여름이 딱이다.

슉! 좌르륵! 공중의 포탄처럼 생긴 통에서 쏟아지는 바닷물이 꽃처럼 크게 피어난다. 쉬익 하고 바닷물이 공중에 흩날리고, 이어서 안개처럼 퍼져 모래에 착지하며 좌르륵. 몇 차례 반복해서 공중에 꽃이 피니 순식간에 한쪽 면이 배어들고 염전은 검게 물들어 간다.

"이렇게 바닷물을 뿌리고 마르면 모래를 그러모읍니다."

늠름하게 그을린 사람이 가쿠하나 기쿠타로 씨임에 틀림없다.

"아니, 저는 아들입니다. 아버지가 돌아가시고 제가 물려받았어요."

일본에서 오직 한 사람, 아게하마식 제염 기법으로 이시카와현 무형 민속 문화재로 지정된 기쿠타로 씨는 소금 만들기에 60여 년 인생을 바쳤다. 그 기술을 계승한 사람이 30여 년 함께 소금을 만들어 온 아들 유타카 씨다.

아, 그렇군요. 나는 말문이 막혔다.

바닷물을 염전으로 쳐 내리는 통 '오초케おちょけ'도, 모래 모으기에 사용하는 거대한 괭이 '이부리いぶり'도, 모은 모래를 염전 한복판에 쌓아 올려 바닷물을 여과하는 '다레후네たれ舟'도 모두 옛날 그대로 소박한 목재로 만들었다. 그것을 다루는 건 모두 사람의 손, 팔, 다리. 찜통더위 속 염전에서 유타카 씨 이마에 등줄기에 정강이에 땀이 흐른다.

숨 막히는 장면이 더 기다리고 있었다. 멜대에 밧줄로 매단 두 개의 '니오케荷桶*'를 유타카 씨가 살짝 어깨에 메고 해안으로 향한다. 하루에 스물 몇 차례 하는 바닷물 긷기다. 저벅저벅 바다에 들어가 니오케에 바닷물을 가득 담아 어깨에 짊어지고 다시 염전으로. 72리터 정도의 무게에 이를 악물고 온몸의 근육은 경직됐지만 통 속의 바닷물은 한 방울도 흐르지 않는다.

가쿠하나 집안이 이어 온 아게하마식 제염은 '전통의 장점을 계승'하는 게 아니었다. 바닷물을 기를 때 펌프조차 사용하지 않는다. 도구도 방식도 모두 에도시대로 타임슬립 한 것 같다.

"'전통을 지킨다'고 한마디로 말하지만, 그게 힘들어요. 어떤 작업이든 중노동이고 편한 건 하나도 없네요. 여름이 끝나면 5, 6킬로씩 살이 빠져요."

하지만 유타카 씨를 독려하는 건 과거 아버지의 소금 만들기다.

"군대에 소집됐을 때 소금이 부족했던 탓에 아게하마식 제염 기술을 가진 아버지가 부하들과 소금을 만들라는 명을 받았고, 그대로 종전을 맞이했죠. 아버지에게 소금 만들기는 생명의 은

* 니오케 | 물이나 술 등을 운반할 때 쓰던 나무로 만든 통.

인이었던 거예요."

새로운 방식도 여러 번 시도해 봤지만 결국 예전과 같은 도구, 같은 방법이 아니면 같은 맛은 나오지 않았다. 바꾸지 않는 게 아니라 바꿔 버리면 아주 조금이라도 맛이 변하니 결코 바꿀 수 없다. 쇼와시대의 긴 전매제 아래 특별히 허가를 받아 땀을 뻘뻘 흘리며 오쿠노토奧能登에 전승되어 온 제염을 계속했지만, 전매 공사의 구매액은 1톤에 겨우 2만 엔. 그래도 결코 제염을 그만두지 않은 것은 기쿠타로 씨의 오기와 신념 때문 아니었을까.

새벽 3시. 파도 소리만 조용히 귀에 울린다. 칠흑의 하늘에는 금색 별들. 초가 오두막에서 불빛이 새어 나오고 있다. 거기에 한 걸음 발을 들여놓았다가 무심코 뒷걸음친다. 굉장한 열기다. 순식간에 온몸의 모공이 열리는 듯한. 가마솥이 팔팔 끓는다. 낮에 여과해서 추출한 짙은 해수(간수)를 졸여 소금을 만든다.

가마솥에 소금을 졸이는 것은 나흘에 한 번. 밤 8시가 넘어서야 장작을 피운 후 끊임없이 거품을 빼며 보글보글 졸여 간다. 가마솥 안에서는 화구처럼 들끓는 무수한 거품으로부터 소금이 분출하고 대류가 일어, 다닥다닥 소금이 마치 마유다마繭玉*처럼 늘어서 있지 않은가.

빠지직빠지직. 드득드득. 비직비직. 둔하고 무거운 소리가 어둠을 흔든다. 5분만 솥 옆에 서 있으면 숨이 막히고, 온몸의 모

* 마유다마 | 버드나무나 댓가지 따위에 누에고치 모양의 과자를 단 (설날 등의) 장식.

공에서 땀이 나온다. 이상할 만큼 괴로운 열기 속에서 농밀하게 끓는 소리가 나고 소금이 조금씩 조금씩 만들어진다. 빠지직빠지직, 비직비직. 이것은 세상의 소리일까.

어, 소리가 바뀌었다. 가볍다, 가볍다. 이제 동틀 무렵인 4시 35분. 가만히 바라보자 갑자기 가마솥 속 소리에 가벼움이 겹치며 소금 결정들이 동시에 힘껏 고개를 들기 시작했다. 반짝. 결정이 퍼뜨린 단단한 빛이 눈을 쏜다. 아침 해가 올랐다. 장작불도 슬슬 잉걸불에 가까워 간다. 밤새워 열 시간 남짓, 아침놀과 함께 마침내 소금이 나타났다.

그 한여름 새벽, 아직 따뜻한 소금 낱알 하나를 집어 입에 넣었을 때의 그 맛을 잊지 못한다. 응애 하고 태어난 소금은 거친 오쿠노토의 물보라를 몸에 입은 천진난만한 아이였다. 맵고 달고 쓰고 새콤한 여러 맛이 났다. 모든 맛이 이 안에 있는 천연의 자연. 이것이 바로 손으로 만든 소금의 맛이다.

이렇게 부엌과 소금과 바다는 하나의 길로 맺어졌다.

"이러면 낱알 하나도 흘릴 수 없겠네요."

"아, 정말 그래요."

오쿠노토에서 목격한 자초지종을 다 이야기하니 "고마운 소금이네요"라고 마키 씨가 중얼거렸다. 이 소금, 결코 소홀히 할 수 없다.

하지만 맛있는 소금을 쓴다고 맛있는 요리를 할 수 있는 건 아니다.

원래 소금의 맛 이전에 알아 두면 좋을 게 많다. 소금은 적재

적소, 각종 조리를 돕는다.

생선에 소금을 치면 삼투압이 작용해 수분이 빠지고 살이 꽉 긴장한다. 고기나 생선을 구울 때 표면에 소금을 뿌려 두면 단백질이 굳어 향이 도망가지 않는다. 야채를 데칠 때 소금을 넣으면 색소 성분이 안정돼 비타민C의 유출을 막을 수 있다. 토란과 어패류에 소금을 넣어 숨을 죽이고, 점액을 없앤다…… 등등 여러 가지. 스파게티 면을 삶을 때는 끓는 물에 '많은가' 싶을 정도의 소금을 넣는다. 바닷물과 같은 정도의 염도가 좋다고 한다. 나는 좀 더 많이 넣는다. 면에 제대로 간이 들었을 뿐인데 훨씬 맛있게 느껴지기 때문이다.

그리고 마음에 드는 '맛있는 소금'을 얻으면 이때다 싶어 최대한 맛을 살려 내고 싶다.

"맛을 내는 소금과 맛을 끌어올리는 소금은 다르거든요. 비록 같은 소금이라도."

꼬치구이집 주인이 "이건 비책인데"라며 말한다. 즉 작은 낱알의 소금을 골고루 뿌리는 것은 간을 하기 위해. 구운 후 알갱이가 큰 '맛있는 소금'을 뿌리는 것은 강약을 조절해 맛을 끌어내기 위해. '맛있는 소금'을 이용한 시간차 공격이다. 좋은 걸 배웠네.

그런데 여기서 고개를 드는 의문 없나요?

"맛있는 소금이란 어떤 거죠?"

'맛있는 소금'은 '자신이 맛있다고 생각하는 소금'이 틀림없지만, 단 이온교환막 방식으로 화학적으로 만들어진 소금은 염화나

트륨의 짠맛만 두드러져 맛이 없다. 한편 천일염에 포함된 잡미에는 마그네슘, 칼슘, 칼륨, 요오드, 철 등의 유기물이 포함돼 있어서 미네랄이 맛을 부풀리면서 각각의 미각 기호에 맞춰진다.

니에의 가쿠하나 씨 소금을 선물로 친구에게 건네줬더니 친정어머니가 감탄하며 말했다고 한다.

"이 소금, 맛있어. 무심코 많이 넣었는데 짜지 않네."

다만 천일염이라고 해도 일본 각지에는 다양한 제법이 있다. 염전이나 그물, 대나무발 등에서 바닷물을 증발시켜 만든 천일염, 모자반과 감태 등 해초에 부착된 해수를 졸인 모시오藻塩, 해양 심층수로 만든 소금, 바닷물을 분사해 결정화한 가열분무증발…… 그만큼 맛도 가지가지다. 마치 배우들처럼 멋을 자랑하지만, 오직 이것이야말로 나의 소금이라고 부를 수 있는 맛과 만나고 싶다.

내 부엌의 기본 소금은 일단 니에 해안의 바닷물로 만든 가쿠하나 씨의 소금으로 정했다. 이미 뛰어난 배우가 전성기를 맞은 상태. 그렇다면 뭐 앞으로도 쭉.

"맛이 있고 없고를 결정하는 건 소금 간."

노토의 제염 현장을 다녀왔습니다

사진 히라마쓰 요코

1. 해수를 모은다.

2. 해수를 뿌린다.

③④ '오초케'라는 통으로 염전 일대에 거세게 바닷물을 흩뿌린다.
크게 반원을 그리면서 뿌릴 때 꽃처럼 아름다운 안개가 공중에 흩날리는 모습은 숙련 기술의 산물.

3. 염전에 줄을 넣는다.

4. 말린다.

⑤ 바닷물을 뿌린 뒤, 염전의 모래 표면 전체를 골고루 긁어내고 줄을 넣는다. 바닷물의 증발을 도와 건조를 앞당기는 효과가 있다.

5. 모래를 모아 누이(沼井)를 만든다.

⑦⑧ '이부리'로 표면이 건조된 모래를 모아 염전 중앙에 자리 잡은 누이(다레후네라고도 부른다)로 나른다. 그 후 주위에 목판을 세워 우물 모양의 울타리를 만든다.

6. 간수를 만든다.

⑨⑩ 누이의 모래 위에 해수를 부어 여과한다. 시간이 어느 정도 지나면 아래로 짙은 간수가 조금씩 흘러나온다. 이 단계의 간수는 해수 농도의 8배다.

7. 간수를 졸여 소금을 만든다.

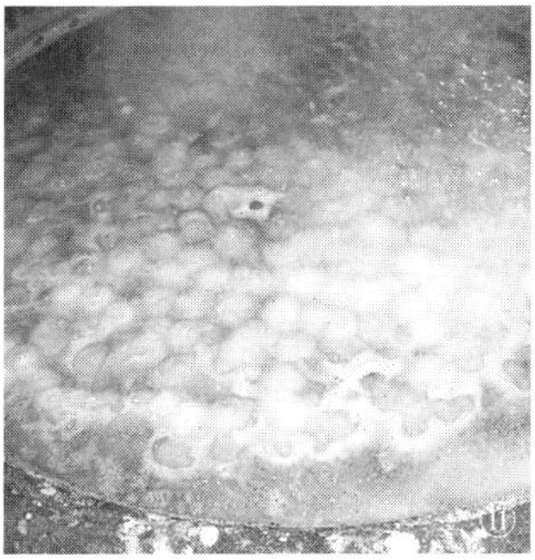

⑪⑫ 간수를 일단 끓인 뒤 식혀 여과한 후 큰솥에서 졸인다. 밤 8시 아궁이에 불을 피워 거품을 없애면서 아침 무렵까지 끓인다. 밤이 반쯤 지나면 무수한 소금 결정이 나타난다. 아침까지 계속 졸인다. ⑫는 가마에서 소금을 끓인 후 생기는 '소금 누룽지'.

맛있는 밥을 짓고 싶어

벌써 십 년도 더 된 이야기다. 나는 전자레인지를 버렸다.

의욕이 지나쳤던 걸까. 네모난 상자에 든 슈마이●를 대나무 찜통에 쪄 봤다. "우아." 코코아 분말에 우유를 부어 컵째로 전자레인지에 데워 먹던 핫초코를 작은 냄비에 천천히 끓여 마셔 보았다. "오오."

맛이, 풍미가 전혀 달랐다.

부엌일은 품을 들이면 좋아진다는 게 아니다. 맹목적으로 옛날로 돌아가자는 것도 아니다. 하물며 불편한 게 좋다는 건 전혀 아니고. 그러나 육아가 끝나고부터 자주 부엌에서 생각하게 되었다. 내 손의 감각이나 후각, 청각, 결국 오감을 더 활용해 요

● 슈마이 | 중국식 만두.

리하고 싶다. 부엌에 서는 것을 충분히 즐기고 싶다. 그런 생각이 부글부글, 그리고 절실하게 밀려왔다.

어느 날, 여느 때와 똑같은 부엌 한구석에 시선이 멈췄다. 매일 풀가동으로 두 세대에 걸쳐 사용하고 있는 전기밥솥이 거기에 있었고, 다음 순간 나는 천천히 쭈그려 앉아 싱크대 속에 방치돼 있던 낡은 문화냄비文化鍋●를 수색하게 되었다.

스스로 밥을 짓자. 스위치에 맡기지 않고, 불을 조절해 맛을 만들어 가면서 따끈따끈하게 밥을 짓고 싶다. 그런 단호한 생각이 들었다.

그 밤의 밥맛은 사실 기억나지 않는다. 뜻하지 않은 결과에 분했는지, 만족스럽게 잘 지어졌는지, 어느 쪽이든 상관없이 나는 그 밤을 기점으로 전자레인지에 이어 전기밥솥에도 이별 통보를 하게 되었다.

손이 닿는 곳에 두고 있는 '밥 짓는 솥'은 두 가지다. 일본의 문화냄비 그리고 한국의 돌솥이다. 돌솥은 꽤 오래전 서울의 시장에서 구했다. 한국의 쌀 산지 이천에서 이 돌솥으로 지은 햅쌀밥을 먹고 그 맛에 깜짝 놀란 나는 서울로 돌아오자마자 남대문 시장으로 달려갔다.

실제로 돌솥의 위력에는 두 손 들었다. 가게 주인이 "원적외선 효과가 있다"고 자신 있게 말한 것처럼 돌 전체가 마치 위력이 센 열구 같다. 경이로운 열의 축적으로 단숨에 모락모락 밥

● 문화냄비 | 일본에서 쓰이는 취사용 솥. 알루미늄 합금을 주조해 만들었고, 뚜껑이 냄비의 몸통보다 2~3센티미터 낮은 위치에 들어가도록 턱이 있는 것이 특징.

이 지어지고, 그 맛은 무척 깊다. 집에 온 손님들은 돌솥밥을 맛본 후 "돌아가는 길에 오쿠보大久保●로 직행해 같은 솥을 가로채 왔어요" 같은 후일담도 들려줬다. 하지만 결점이 있었다. 무게. 잘 식지 않는 것. 금이 가기 쉬워 신경을 써야 한다는 것. 맛과 취급 용이성을 저울에 올리면 후자 쪽으로 추가 기울어 아무래도 자주 사용하기 어렵다. 특별한 경우라면 상관없지만 일상의 요리에 이벤트 감각은 성가시다.

그렇다면 서민의 편, 문화냄비의 등장이다. 문화냄비는 원래 1946년에 발매된 알루미늄 주물 냄비다. 전후 폭발적 인기를 모았던 것도 사실이다. 무겁고 크고 닦기 힘든 하가마羽釜●에 비하면 특별히 가볍고 튼튼하다. 소량이라도 곧 지을 수 있다는 편리함에 눈물이 날 만큼 기뻤을 것이다. 나 또한 물론 그렇다. 황급히 밥을 지어야 할 땐 빨리 쌀을 씻어 문화냄비에 옮기고 물을 부어 불에 올린다.

'처음엔 홀홀, 중간에 확 끓어오르고, 아기가 울어도 뚜껑을 열지 마라.'

광고 문구가 이정표다. 달각달각 뚜껑이 울리고 힘차게 춤추기 시작하면 끓기 시작한 것. 쌀 위에 쌓인 끈적한 밥물은 밥이 끓어 넘치지 않게 하고, 동시에 물막이water seal 효과를 내 가벼운 압력을 발휘한다. 과연 뛰어난 냄비구나. 확 끓어올라 김이 나면 불을 조금 줄이고, 우는 아이는 없지만 그냥 기다린다……

● 오쿠보 | 일본 도쿄의 한인 타운이 있는 동네.

● 하가마 | 손잡이가 달린 밥솥.

랄까. 나는 코를 자주 사용했다. 아, 이 냄새!

미끈하게 마른 밥물이 달라붙은 뚜껑을 살짝 연다. 윤기 나는 밥의 가장자리 부분에 물 묻힌 주걱을 스윽 밀어 넣으면…… 누룽지다! 코를 간질이는 향기로운 냄새가 냄비 바닥에서 피어오른다. 이벤트용 돌솥의 밑바닥에서 찾을 수 있는 누룽지보다 흔한 문화냄비 바닥에서 발견하는 누룽지는 왜 이리 감사한 걸까.

가족 세 명이면 2홉. 두 사람이라면 1홉 반. 전기밥솥이라면 삐 하고 종료음이 울릴 때까지 넉넉히 45분은 필요하지만, 냄비라면 최단 20여 분. 무엇보다 보온해 놓은 밥과 이별하고 솔직히 안도했다. 그렇다. 밥솥이라는 기계가 나쁜 게 아니다. 보온 상태로 마르게 내버려 둔 채 오로지 열화劣化시키는 게 문제다.

구하라, 그러면 얻을 것이다. 나는 곧 옛 하가마 스타일을 그대로 야무지게 재현한 뛰어난 솥과 만났고 놓치지 않았다. 그 이름도 '가마야키잔미釜炊き三昧'. 본체는 알루미늄이고 뚜껑은 상당히 무거운 스테인리스다. 아궁이 같은 효과를 재현하려고 주변에 보온 덮개까지 장착한 창의성이 감동이다. 실제로 다 지어진 밥은 문화냄비를 훨씬 능가했다.

이렇게 나는 밥 짓기의 길에 푹 빠졌다.

교토의 기온. 골목을 몇 개나 지나면 안쪽에 작은 일본 요릿집이 있다. 연일 손님이 자리를 다투는 이 가게의 카운터에 나는 앉아 있었다.

"아, 오늘 저녁도 훌륭했어요"라고 할 때쯤 마무리로 밥이 나

나의 밥 짓기의 기본, 문화냄비. 밥 짓기의 불 조절은 우선 이것으로 학습해야 한다.
맛있는 밥을 짓는 방법은 235쪽에.

온다. 비단빛을 두른 듯 유독 반들반들하다. 젓가락으로 떠서 한입. 확 하고 부드럽고 깊은 맛이 입맛을 사로잡는다. 이 행복에 젖어 있으면 좋을 것을, 그곳에서 밥 짓기 구도자의 애처로운 천성이 살아나면서 학습 의욕에 불이 붙었다.

"쌀은 역시 물에 불리나요? 불을 줄이는 타이밍은 언제예요? 그다음 어느 정도 불에 올려 두나요? 음, 그리고 또……."

식칼을 휘두르는 주인의 대답은 선명했다.

"저기, 역시 30분은 담가서 수분을 흡수시켜야 돼요. 물 분량은 쌀의 양과 동일하게. 냄비를 불에 올리면 끓어오를 때까지 센 불 7분, 중간 불로 7분, 약한 불에서 15분. 대략 이 정도가 괜찮습니다. 다만, 냄비에 따라 불 조절은 아주 조금 달라요. 알루미늄 냄비라면 센 불에서 끓인 후 바로 불을 약하게 줄여야 합니다. 우리 집은 알루미늄 냄비를 쓰는데, 불을 줄인 후 전체를 알루미늄포일로 꼭 밀봉해 열을 놓치지 않게 합니다."

'알루미늄 냄비는 금방 뜨거워졌다 쉽게 식으니, 조금씩 천천히 열을 가해 쌀이 부푸는 힘을 지지해 주겠어'라는 태도로. 약한 불로 바꾸기 직전, 아주 순식간에 주걱으로 밥 전체를 확 섞어 밥알 하나하나 부풀게 하는 속공의 비법도 구사한다니 놀랍다.

깊은 밤, 기온의 골목을 걸으며 나는 그 대화를 뇌리에 새겼다.

하지만 전기밥솥은 의외의 곳에서 끈질긴 뚝심을 보였다. 남편이 주방에 서면 반드시 전기밥솥을 선택하는 것이다.

"냄비에 지으면 긴장한단 말이야. 불 끄는 타이밍에 자신 없으니까. 시간이 걸려도 전기밥솥이 마음 편하거든."

전기밥솥이 반격을 시작한 것이다.

나는 밥을 냄비에 지으면서 궁금한 게 있었다. 물이다. 맛있는 물로 지으면 그 맛이 밥에 거침없이 반영된다. 뭐랄까, 맑고 잡미가 없는 맛으로 지어진다. 역시 맛있네, 라고 끄덕이며 경도가 낮은 페트병 미네랄워터를 썼지만, 가격도 비싸고 보관 장소도 필요하고 일일이 사러 가는 시간과 노력이 드는 데다 무엇보다 쓰레기가 나온다. 반년 정도 그러다가 그만뒀다. 결국 밥 짓는 물은 일단 쇠주전자로 끓인 물이나 냉장고 포트형 정수기 물로 자리 잡았다.

뭐, 이렇게 세월을 보낸 후 햅쌀이 나올 무렵 부스스 다음의 야망이 일어났다.

"뚝배기에 밥을 짓고 싶어!"

뭐랄까, 뻔질나게 다니던 고향의 일식당에서 마무리로 준 가을 다키코미炊き込み 뚝배기밥●, 이것이 훌륭했다. 슈퍼에서 1,980엔 정도 하는 보통의 뚝배기인데도 굴밥도 게밥도 놀랍도록 맛있었다.

그곳에 산이 있으면 올라가고 싶다. 아니, 산이 없어도 스스로 산을 만드는 것이 나의 성격. 자, 뚝배기 산을 기어오르는 것이다.

슈퍼에서 1,980엔짜리를 순순히 사면 좋을 것을, '이왕이면 식탁 위에서도 빛나는 보기 좋은 것으로' 하는 욕심이 생겼다.

● 다키코미 뚝배기밥 | 고기, 생선, 야채 등을 넣어 뚝배기에 지은 밥.

이리저리 찾아다녔지만 의외로 마음에 드는 게 없다. 결국 뚝배기의 흙으로는 전국 최고라는 이가伊賀의 마루하시라丸柱에서 생산된 게 최선 같아서 주문해야겠다 결심한 그날 오후, 우연히 손님과 뚝배기 이야기로 분위기가 달아올랐다. 그는 역설했다.

"무인양품無印良品에 좋은 뚝배기가 나왔어요."

오호, 북유럽 디자인을 연상시키는 심플함, 솥의 두께는 1센티미터. 다 지어지면 뚝배기밥다운 탄력감, 나쁘지 않다. 그러나 쥐기가 어렵다. 석 달이나 사용하고 나서 알게 됐다. 확실히 쥐기 어렵고 손이 미끄러진다. 뭔가 살짝 닿으면 뚝배기 부스러기가 나온다. 조금씩 이용하는 횟수가 줄어 갔다.

부엌을 실험실 삼아 냄비에 따라 불의 세기도 어떻게든 조절할 수 있게 된 즈음, 맛에 까다로운 지인으로부터 한 통의 메일이 날아왔다.

"오늘 아침, 주문하고서 두 달을 기다려 입수한 뚝배기로 바로 밥을 지어 보았어요. 특별히 맛있네요!"

그거 알아! 손에 넣기 어렵다는 평판의 그 뚝배기가 딱 한 개 백화점 선반에 자리 잡고 있는 걸 며칠 전 지인이 우연히 목격했다는 것이다. 서둘러! 조건반사로 전철에 올라탔다.

손에 넣은 뚝배기는 그 이름도 '구로라쿠 밥솥黒楽御飯鍋'. 가격도 중후하게 3만 8,000엔. 역시 주눅 드는 가격이지만 그건 그거고, 전 밥 짓기의 길을 내달리고 있는 구도자니까요.

매끄러운 검은 유약이 밖에도 안에도 발라져 있다. 쓸데없는 장식은 일체 없는 심플한 형태. 묵직한 무게감에도 뭔가 고마움

전주산 돌솥

르크루제 주물 법랑 냄비

밥 짓기의 길을 함께 걷는 든든한 파트너들의 면면. 각각 맛이 다르지만 공통적으로 큰 문제가 하나 있다. 맛있어서 너무 많이 먹게 된답니다. 주의가 필요해요. 한국 전주산 돌솥은 테두리가 스테인리스로 감싸여 있다. 잘 깨지지 않게 하려는 궁리가 담겼다. 계속 쓰다 보면 돌 표면의 광택도 더해진다. 지름 16센티미터의 프랑스 르크루제 주물 법랑 냄비는 2홉짜리 필라프를 지을 때 좋은 크기다.

구로라쿠 밥솥

가마야키잔미 밥솥

'가격도 운치도 역시!'라는 감동을 주는 것은 구로라쿠 밥솥. 솥 두께는 경이롭게도 약 2센티미터. 초반에 시간이 걸리지만 일단 열을 품으면 그만큼 쌀에 강한 열이 전달된다. 안쪽에도 유약이 발라져 있어 달라붙지 않는 것도 특징 중 하나. 자, 솥에 지은 밥맛을 일깨운 것이 가마야키잔미. 본체는 알루미늄으로 냄비 바닥은 충분한 두께 4밀리미터. 뚜껑은 무거운 스테인리스고 열이 도망가지 않도록 화구에 씌운 커버가 뿜어져 나온 밥물도 받아 낸다는 훌륭한 구상이다. 찰지고 탄탄한 맛의 밥이 완성된다. 외관의 취향, 용도 및 사용 빈도를 생각해 취향에 딱 맞는 냄비를 찾는 것도 밥 짓기의 길에 들어선 즐거움이라고 해야 할까.

이 앞선다. 소문난 뚝배기를 처음 부려 보는 것이다.

슈욱! 끓이는 데 시간이 필요하지만 일단 끓으면 큰 증기 구멍에서 뜨거운 물이 나와 밖으로 흩날린다. 물 조절이 잘못된 건가 싶어 초조했지만 쌀 2홉에 같은 양의 물. 실수는 없다. 이건 대단한 비등력이다……. 정신이 확 들었다. 감탄할 때가 아니다. 불이 너무 센 것이다. 이런 두꺼운 뚝배기는 한번 열을 품으면 그 열을 축적하는 힘이 경이롭다. 당황해서 불을 줄여 보지만 이미 늦었다. 사납게 날뛰는 토기의 기세는 막지 못하고, 냄비 밑바닥에 밥이 검게 타 달라붙어 있었다.

3만 8,000엔의 박력에 내몰린 나는 연일 벼랑 끝의 밥 짓기를 계속. 그 결과 강한 불로 끓이다가 불을 끄고 남아 있는 열로 뜸 들이는 시간을 늘려 봤다. 냄비 밑바닥에 밥이 검게 눌어붙는 것을 피하려는 것이다. 솥이 열을 축적하는 힘에 의존해 솥 자체의 여열로 밥을 지어 보자. 실제로 이 방법으로 밥을 지으니 누룽지도 적당히 얇게 생기고 찰기도 꽤 괜찮다. 또 안쪽도 유약이 발라져 있어서 한 번에 쓱 씻기 쉽다.

"이야, 솥 하나로 밥맛이 이렇게 다르구나. 대단한걸."

실로 전기밥솥의 추격은 이쯤 되니 단숨에 약세를 보였다. 그토록 전기밥솥을 신뢰하던 남편이 솥에 지은 밥맛에 휘청한 것이다. "이왕 짓는 거면 맛있는 편이 좋지, 역시나."

이 말을 들은 나는 부엌에서 박수갈채했다. 그러나 나는 나대로 여전히 구로라쿠에 우롱당하고 있었다. 아니, 내가 까다로운 걸 수도 있지만, 뜸 들이기로 도망치는 태도가 어쩐지 마음에 들지 않았다. 밥 짓기는 이대로 좋을까. 어쩌면 방향을 잘못 잡고 있는지도 모른다.

"그거 잘못됐어요."

교토에 전화를 건 내게 과거 밥 짓기의 길을 지도해 준 일본 요릿집 주인이 말했다.

"그만큼 두꺼운 뚝배기에는 더 강한 불이 필요해요. 약한 불로 하면 뚝배기를 덥히는 데만 대부분의 열이 소비되고 말아요. 불을 충분히 강하게 하지 않으면 쌀을 익히는 힘이 돌지 않아요."

예감 적중. 이 뚝배기로 지은 밥은 매우 맛있지만 어딘가 죽죽 곤두선 느낌이 없다. 나름대로 버티고 있긴 한데 어쩐지 허약한 밥이 나온다. 밥 짓는 길이 이렇게 험난할 줄이야.

도쿄 아자부주반麻布十番. 도리이사카시타 교차로 바로 옆에 이따금씩 가는 독채로 지어진 일본 음식점이 있다. 주인은 교토의 유명 식당에서 주방장을 지낸 후 도쿄에 가게를 차렸다. 그 음식 또한 특별히 뛰어나다. 오늘은 정신없이 바다참게를 먹어 치웠다. 그러고 나서 '아' 하고 정신이 들었다. 항상 마무리는 뚝배기밥. 오늘 밤도 막 지은 연어알밥이 훌륭했다. 뚝배기를 자유자재로 조종하는 이 기술은, 지혜는 무엇일까.

손님이 돌아간 가게에서 주인은 친절하고 정중하게 일러 줬다. 쌀은 건조하기 때문에 씻을 때 단숨에 물을 흡수한다. 그래서 처음의 수질이 중요하다. 강한 불에서 약한 불로 바꾸는 타이밍은 불을 줄여도 끓어오름의 강력함이 전혀 약해지지 않을 때…… 기온에서도 아자부주반에서도 과연 손님의 열렬한 지지를 모으는 명인의 말은 명쾌하고, 날카롭고, 함축적이다. 고개를 끄덕이는 나에게 "단" 하고 주인은 말했다.

"단, 히라마쓰 씨, 가장 중요한 건 자신이 어떤 밥을 짓고 싶은지 그걸 명확히 아는 거라고 생각해요. 단단한 밥인지 부드러운 밥인지, 어떤 누룽지가 좋을지, 목표를 어디에 둘지 스스로 알고 있으면 저절로 조절하게 되지요."

그리고 이렇게 말을 이었다.

"씻기 쉬운 솥이 좋은지, 씻기 어려워서도 밥맛에 집착하는지…… 그런 식으로 생각해 보면, 밥 짓는 방법이나 솥의 종류도 자연히 결정되지 않을까요?"

정신이 번쩍 들었다. 밥 짓기의 길을 헤매다가 어느덧 '내가 좋아하는 밥맛'이 뒤로 밀려났는지 모른다. 솥의 비위를 맞추는 것만 생각하고 있었다.

그렇다고 해도 여기까지 와서 전기밥솥과의 이별 이야기를 복잡하게 만들 수는 없다. 예를 들어 이 가게에서 사용하고 있는 그 좁고 긴 뚝배기…….

"아, 이건요, 센 불로 확 끓인 후에 중간 불로 12~13분 끓이다 끕니다."

뚝배기 하나를 빌려 소중하게 겨드랑이에 끼고 돌아온 이튿날 아침. 마음을 비우고 그대로 산뜻하게 밥을 지었다. 조심조심 뚜껑을 열던 나는 목이 메여 넥다이를 매고 있는 남편에게

아자부주반의 일본 요리점에서 마무리용 밥을 지을 때 쓰는 뚝배기. 시가라키의 도자기 굽는 곳에 의뢰해 만들었다. 이 뚝배기는 직경 약 18센티미터, 높이 약 19센티미터. 높이가 충분한 편이라 끓어 넘치지 않고 뜸 들일 때도 확실히 열을 유지한다. 최대의 특징은 안쪽 아랫부분에 유약을 바르지 않고 밥 짓는 부분을 초벌구이 상태 그대로 둔 것. 즉 냄비 자체가 자연스러운 통기성을 갖추고 자유자재로 호흡하기 때문에 누룽지도 바삭바삭하게 눋고 절묘하게 마무리된다. 밥통의 역할도 한다.

외쳤다. "훌륭하게 완성!" 음식점 주인은 자신이 '이거야' 하고 정한 솥을 사용해 스스로 얼마나 만족스러운 밥 짓기를 실현하느냐, 그것을 줄곧 고민해 왔던 것이다. '끓으면 중간 불로 12~13분'은 그 성과인 것이다.

부엌에서 씽긋. 아침부터 행복한 밥을 먹는 동안 뇌리를 맴도는 말이 있었다. 그것은 무려 기온에서도 아자부주반에서도 똑같이 들은 말이다.

"밥은요, 최종적으로는 애정이에요. 맛있는 밥을 먹이고 싶다는 마음만 있으면 맛있게 지어지죠."

지금은 무슨 말인지 잘 안다. 언제까지나 솥에 휘둘린다면 맛있는 밥은 나오지 않는다. 이제 차분히 나 자신의 솥과 밥 짓는 방법을 결정할 때가 온 것 같다.

이상이 나의 밥 짓기에 얽힌 지난 십 년간 소동의 기록이다.

손으로 만든다: 한국의 맛

"히라마쓰 씨의 혈중 고추 농도, 높아 보이네요."

우선 나의 돌솥비빔밥을 들여다보고 이번에는 자기 것과 비교, 시선을 두 번 왕복한 후 그녀는 중얼거렸다. 그렇죠. 사실 바늘은 이미 눈금 밖을 벗어났어요. 같은 돌솥비빔밥인데, 내 건 새빨갛고 그녀는 흰색. 이쪽은 치킨라이스고, 저쪽은 흩뿌림초밥이다.

삼십 년 가까이 수도 없이 한국에 왔다 갔다 했다. 뭐든지 숫자로 측정하길 좋아하는 사람은 몇 번 갔는지 꼭 묻지만 이렇게 답하기로 했다.

"서른 번이 넘은 시점에 세는 것을 그만뒀어요. 그게 15년 전입니다."

그런 이유로 '혈중 고추 농도'는 순조롭게 고공행진을 해 왔다.

아니, 대식가 경쟁도 아니고, 매우면 무조건 좋다는 것도 아니다. 하지만 이 30년, 한국 고추 덕분에 내 미각의 관능력은 경이적으로 단련되었다고 말할 수 있다.

매운맛 속에 단맛이 있다. 쓴맛도 있다. 산미도 있다. 향기도 맛도 있다. 그 복잡미묘한 맛이야말로 한국 고추의 묘미, 즉 매운맛을 받아들이면서 그 안쪽에 숨은 맛을 더 민감하게 감지하도록 만든다. 다만 한국의 고추라면 뭐든 좋다는 것도 아니다. 역시 전라북도 부안산이지, 아니 순창산이 아니면…… 한국 사람은 저마다의 취향에 집착한다. 그러나 아무리 뛰어나고 두툼하고 큼지막한 것이라도 이게 아니고는 얘기가 안 되는 조건이 하나 있다.

태양초.

햇볕에 말린 것이다. 그것도 바싹 마른 가을 햇볕이 아니면 안 된다.

가을날 전라도 인근 교외의 집을 방문하면 항상 숨을 들이마신다. 넓은 안뜰이 온통, 루비를 뿌린 듯 진홍색 일색! 멍석 위에 손으로 딴 고추가 그득했다. 드높은 파란 하늘과 짙고 깊은 빨강의 음영, 그 또렷한 대조는 충격적으로 아름답다. 그런 고추를 써야 김치 맛이 부쩍 올라간다. 무심결에 이야기가 길어졌지만 '혈중 고추 농도'는 한국 음식이 지닌 맛의 농밀도이기도 하다. 그렇게 외치고 싶었던 것이다.

자, 열 가지 이상의 나물과 잘게 썰어 볶은 고기, 야채를 듬뿍 얹은 비빔밥이 붉은 치킨라이스와 비슷하게 보이는 것은 고추장 때문만은 아니다.

비빔.

즉, 섞는다. 비빔밥은 섞어서 먹는 밥의 총칭. 그러니 정확히 말하면 '비빔밥'이란 종류가 무궁무진하다.

숟가락으로 쓱쓱 전체가 하나가 될 때까지 제대로. 결코 찰기를 놓치지 않으면서 모든 것이 균등하게 뒤섞일 때까지 섞고 비벼 무너뜨린다. 일본인이라면 '이제 이쯤에서'라고 끝내는 타이밍은 한국인에겐 겨우 6, 7할의 레벨이다. '이제 됐겠지?'라고 숟가락을 놓았다가 몇 번이나 "아직!"이라고 지적받았는지. 실제로 치킨라이스 상태의 비벼 놓은 밥과 흩뿌림초밥처럼 재료를 올려놓기만 한 상태의 밥은 맛이 아주 딴판이다.

섞은 맛. 이것이 한국 요리의 진면목이다. 식당에서 옆 사람 한 명을 관찰하면 곧 알게 된다. 백반 정식이라면 밥에 반찬이나 국을 섞는다. 냉면이라면 젓가락을 오른손에 하나, 왼손에 하나 잡고 면 속에 넣어 완전히 풀어서 섞는다. 회덮밥은 밥과 회와 고추장을 전부 섞어야 완성된다. 일단 그릇에 보기 좋게 담아 놓아도 그러고 나서 말도 안 되게 섞어 버린다. 그런데 한 입만 떠먹어 보면 거기엔 복잡하기 이를 데 없는 맛이 생성돼 있다. 섞어야 맛볼 수 있는 맛의 깊이에 빠지면, 그림처럼 아름다운 일본의 흩뿌림초밥마저 석석 섞어 먹고 싶은 충동을 억누르기 힘들다.

자, 섞을 때 쥐는 것은 숟가락. 이것이 또 세계에 자랑할 만한

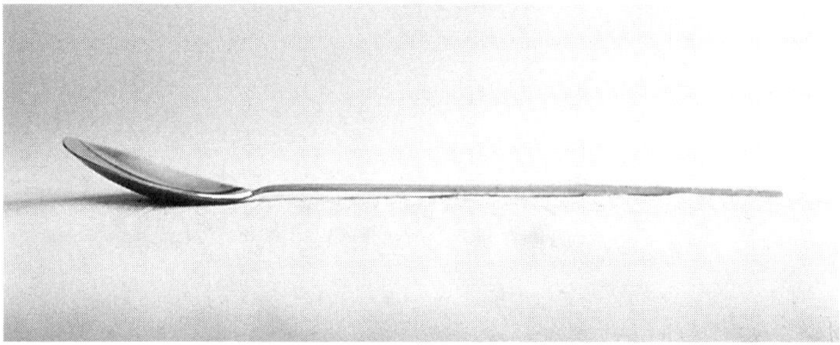

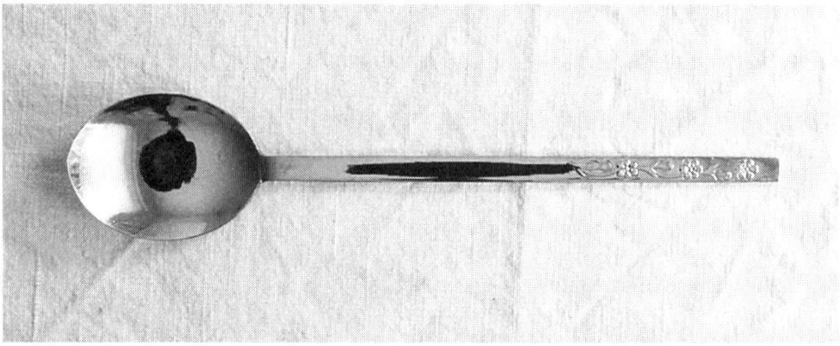

한국의 전통적인 숟가락. 전체적으로 납작하고
평평하며 동그랗고 작다. 잘 보면 숟가락 끝에
희미한 돌기가 있다. 섞거나 자르거나 할 때
유용하다. 이런 작은 도구에도 지혜가 숨어 있다.

솜씨 있는 일품이다. 숟가락 없이는 섞기는커녕 먹는 것조차 힘들다.

가와사키川崎에 사는 재일 한국인 2세 영자 씨가 말해 준 바 있다.

"우리 부모님은 북한에서 일본으로 혈혈단신 건너왔습니다. 옷만 걸친 채 문자 그대로 무일푼. 하지만 이것만큼은 손에 쥐고 있었어요. 숟가락과 젓가락이요."

그래서 그녀 집에는 일본 젓가락이 없다.

"어린 시절엔 집에 놀러 온 일본 친구한테 '숟가락으로 밥을 먹다니 아기 같다'고 몇 번이나 놀림 받았어요."

김치를 담그고 한글을 쓰고 제사를 지낸다. 매일 식사 때마다 쥐는 숟가락은 재일 한국인의 삶을 중심에서부터 지탱해 주는 존재였을까.

"그렇게도 말할 수 있겠지만, 이것 하나로도 충분하기 때문인 것 같아요."

숟가락을 주의 깊게 바라보면 그 뛰어난 기능을 알게 된다. 서구의 스푼과는 전혀 다르다. 동그랗고 평평하다. 커브가 매우 느슨하고 납작하다.

완전히 입에 들어가는 크기. 앞쪽 끝에는 재료를 섞기 위한 작은 돌기…… 숟가락 하나에 한식의 지혜가 결집돼 있다.

서양의 스푼은 수프 등 액체를 입안에 '흘려 넣기' 위한 것. 그것과 비교해 숟가락은 마시고, 뜨고, 풀고, 섞고, 누르고, 자르고…… 식탁에서도 부엌에서도 모든 작업을 맡는 팔면육비八面

六臂의 솜씨다.

다만 옛날 그대로의 숟가락은 이미 소멸 직전이다. 근래에는 전통적인 형태는 사라지고 점차 서구의 스푼에 가까워졌다. 숟가락도 '서구화'된 것이다. '이래서는 먹기 힘들 거야.' '사용하기도 힘들 텐데.' 이방인은 조바심이 난다.

사실 숟가락이 필요 없는 '섞는 방법'이 있다.

쌈.

싸 먹는 것이다. 숟가락으로 섞어 먹는 것이 비빔, 싸거나 감싸서 먹는 것이 쌈. 모두 입안에서 열 배 맛있어지는 '섞는 방법'이다.

서울의 불고깃집에 가려 한다. 그곳이 관광객도 들르는 가게라면 저쪽 테이블은 일본인, 이쪽 테이블은 한국인임을 단박에 알아볼 수 있다. 왜냐, 구운 고기를 집어 화급히 입에 넣는 것은 일본인. 한편 한국인은 천천히 상추와 깻잎을 왼손에 얹고 거기에 구운 고기와 마늘 한 조각과 된장을 올려 휙 싸서 입에 넣는다. 그들은 일본인의 먹는 방법을 보고 안타까움에 한마디한다.

"그렇게 먹으면 맛이 없어."

단 한 가지 맛은 재미없다. 상추의 녹색 부드러움이 더해지고, 깻잎의 향이 튀어나오고, 마늘 맛이 펀치를 먹이고, 된장이 깊이를 더한다. 복잡하게 뒤엉킨 조합이 있어야 고소한 갓 구운 고기도 더욱 맛있어진다.

쌈밥이라고 하는 밥이 있다. 즉, 싼 밥. 싸는 것은 상추, 양상추, 삶은 배추나 양배추. 또 쌈용으로 자른 네모난 미역도 단골이다. 거기에 조연으로 곁들이는 것이 케일, 부추, 청경채, 깻잎, 쑥갓, 파, 치커리, 갓……. 씁쓰레한 녹색 채소를 곁들이는 데서 한국 사람들 미각의 특별함을 본 것 같다. 큰 잎에 작은 잎을 얹고 거기에 풋고추나 마늘, 된장, 새우젓 등을 조금 더해 밥과 함께 꽉 싼다.

그 맛을 뭐라고 하면 좋을까. 아삭하고 맛이 좋은 양배추를 씹으면 안쪽에서 다양한 맛이 튀어나온다. 그곳을 더 차분히 씹어 보면 여러 가지 맛이 입안에서 터져 나온다. 마치 맛의 만화경 같달까.

같은 '섞어 먹는 방법'인데 일본에서 전해져 완전히 한국에 정착된 게 하나 있다.

김밥.

참기름의 풍미가 더해진 밥이 특별히 고소해 자꾸 먹게 된다. 일본 김밥과 다른 것은 식초를 넣은 초밥용 밥이 아닌 흰밥을 사용한다. 밥에 참깨를 뿌려 김으로 적당한 두께로 만 다음, 겉에 살짝 참기름을 바른다. 얇게 썰어서 입에 넣으면 더 이상 멈출 수가 없다.

한국인의 도시락은 뭐니 뭐니 해도 김밥이다. 서울에서 전주로 가는 기차 무궁화호에 올라타니 앉아 있는 이들 모두 다리 위에 김밥 도시락을 놓고 있었다. 소풍 가는 유치원 아이들도, 그 밖의 다른 아이들도 짠 듯이 김밥 도시락.

"최종적으로 섞어 먹어 버리다니 대범하네요, 한국의 밥은."

서울에 데리고 가 여기저기서 밥을 먹였더니 마지막 날 이런 말을 하는 사람이 있었다.

한국 요리 프로그램을 봐도, 요리 잡지 기사를 읽어도, 어디에도 레시피, 즉 숫자가 없다. 그렇다면 요리 잘하는 어머니들로부터 물려받았을 텐데, 모두 같은 말을 할 뿐이다.

"적당히 하면 돼. 좋은 재료를 선택해 맛있는 양념을 사용하고 그다음엔 손만 있으면."

그리고 백 명이면 백 명 모두 궁극의 한마디를 멋지게 한다.

"맛은 손에서 나와요."

그물로 바람을 잡는, 정체를 알 수 없는 말이다. 그러나 그 후 이십 년 한국 곳곳의 부엌을 방문하면서 알게 된 게 있다.

'적당히' 또는 '대충', 이것이 제일 어렵다.

생각해 보라. '적당히'란, 즉 '적절한 조절'이기 때문에 좋은 것, 나쁜 것, 맛있는 음식, 맛없는 음식 모두 파악하고 있지 않으면 딱 좋은 곳에 착지할 수가 없다. 주위에서 보면 흐름에 맡기는 눈대중으로 보이기 쉽지만, 손가락과 눈과 코와, 자신의 혀와, 부모로부터 배운 맛과 어린 시절부터 먹어 온 맛과, 모든 감각과 경험과 지혜가 총동원돼야 비로소 냄비에 넣을 고춧가루 한 숟가락의 질과 양이 정해진다. 즉, 개개인의 솜씨가 무서울 정도로 드러난다. 레시피의 숫자를 믿고 만든 요리보다 훨씬 엄격하게.

또 한 가지, 어머니들이 힘을 담아 던지는 말이 있다.

"장은 중요해."

무심코 지나치기 쉬운 듣기 좋은 말이다. 그러나 그 말에 함축된 진심을 알 때마다 소름이 돋는다.

된장, 간장, 고추장을 어머니들은 직접 담근다.

된장, 간장, 고추장은 한국 맛의 뿌리다. 동시에 각 가정의 맛의 기둥이기도 하다. 그렇기 때문에 더욱 이 세 가지를 많은 어머니들이 직접 만든다. 이미 만들어진 것을 사는 경우도 물론 있다. 하지만 집 뒷마당에 항아리가 늘어서 있으면 그 집의 어머니나 할머니가 간장, 된장, 고추장을 직접 만들고 있음에 틀림없다. 스스로 만들고 숙성 발효시킨 일 년치의 기본양념에 앞으로의 일 년치 요리를 맡긴다. 교외나 지방으로 갈수록 집 마당에서 항아리를 자주 본다.

음식을 배달시켜 먹거나 식도락 여행을 하지 않아도, 이탈리아 요리나 베트남 요리 같은 건 몰라도, 한국의 어머니들은 양념을 직접 만드는 것만은 결코 마다하지 않는다. 이것이 '적당히'의 정체이며, '대충'의 실제다.

"우리 집 맛은 스스로 만들어야 하니까요."

진심이 느껴진다. 중심을 잡는 것이다.

"올해 된장은 드물게 실패했어요. 하지만 방법이 없습니다. 올 한 해는 이 된장이 우리 집 맛이에요."

부담 없이 깔끔하게 그렇게 중얼거리던 할머니의 얼굴을 나는 잊지 못한다.

서울 시내 변두리에 늘 들르는 한증막이 있다. 한증막은 소나무를 태운 열을 돌로 된 돔에 모아 증기를 쬐는 목욕탕이다. 머리에 수건을 두르고 꿋꿋이 열기를 견디면 폭포 같은 땀이 줄줄 피부를 타고 흐른다. 몸속이 따끈따끈 → 때밀이로 반들반들 → 전신 마사지로 녹진녹진. 후끈 달아오른 채 반 나체로 진눈깨비처럼 차갑고 달달한 식혜를 목울대를 울리며 들이킨다. 차가운 식혜가 금세 온몸에 쫙 침투하는 그 순간 '살아 있어 좋구나'라는 생각이 진심으로 든다.

한국의 밥은 몸속 깊은 곳에 생생하게 호소하는 그런 직설적인 맛을 품고 있다.

예를 들어 냉면은 여름 음식이 아니다. 휘몰아치는 찬바람 소리를 들으며 따뜻한 온돌방에서 꽁꽁 얼린 면을 후루룩거린다. 이것이 한국의 겨울 정취를 이야기하는 오래된 한 장면이다. 삶은 면은 손이 새빨개지도록 얼음물로 비벼 빨고 마지막으로 꾹 굳게 쥐어짠다. 면을 씻는 정도, 짜는 정도, 즉 손의 활용에 따라 냉면 맛은 전혀 다르다.

서울에 갈 때마다 자연스레 신사역을 향하게 된다. 음식점 '마산 할매 아구찜'이 있어서다. 이 가게에서 파는 걸쭉한 꽃게 간장절임 '간장게장'을 생각하면 참을 수 없다. 게는 백령도에서 잡은 질 좋은 암컷만, 며칠씩 걸려 정성 들여 두 번 절인다는 것까지는 몇 년 다닌 후 알게 되었다. 그리고 바로 얼마 전 주인 할머니가 일러 주셨다.

"우리 가게는 꽃게를 깨끗한 마른 행주로 한 마리씩 수분을 완전히 닦아 내요. 깔끔하게 깨끗하게 만드는 것. 이게 가장 중요하지."

정말 감탄한다. 가 닿는 곳은 역시 언제나 같은 자리다. 한국 맛의 핵심에는 반드시 손이 있다. 울린 소리굽쇠가 공기를 진동시켜 공명하는 것처럼, 손으로 소중하게 만든 맛이야말로 몸속 깊이 전해져 울린다. 그 사실에 늘 충격을 받는다.

손으로 만든다: 우리 집 맛

"좀 보기 흉해 죄송합니다. 하지만."

도쿄에 산 지 십 년이 넘은 플라멩코 댄서 베니 씨는 그러면서 천천히 팔을 걷어붙였다.

"하지만 안달루시아에 살고 있는 엄마가 항상 말했어요. '샐러드는 손으로 버무려라.' 그러면 맛이 잘 섞여 열 배는 맛있어진다면서."

그러고는 뜯어낸 상추를 그릇에 담아 올리브오일과 식초와 소금을 뿌리더니 살살 버무리기 시작했다. 두 손으로.

나는 "오호" 하고 고개를 끄덕였다. 스페인에서도 한국에서도 요리 솜씨 좋은 어머니는 같은 이야기를 한단 말이지.

오랫동안 반복적으로 한국을 여행하면서 내가 뼈에 새길 정도로 깨친 것은, 결국 역시 이것이었다.

'손은 맛을 만든다.'

당연하다고요?

정말 그럴까. 우리는 나물을 손으로 무치는가. 고기를 애무하듯 천천히 주물러 맛을 내는가. 불고기 같은 것, 몇 종류의 조미료를 더한 후 주물럭주물럭, 주물럭주물럭…… 애정을 주입하듯 사랑스러운 듯 소고기를 마구 주무르는 것인데, 그 주무름에도 테크닉이 있다. 이렇게 열 손가락을 도구로 조리에 활용하는 방식이 우리 일본인에게는 생소하다. 그것은 일식이란 게 재료의 색깔과 모양, 그 자체의 아름다움에서도 맛을 찾아내는 요리이기 때문이다. 후와리ふうわり*, 삿쿠리さっくり*, 쓴모리つんもり* 등의 몇몇 일본어도 조리용 나무젓가락이나 음식을 집는 젓가락 끝으로 마무리하는 '세심'하고 '섬세'한 조리법이 없으면 아마 태어나지 않았을 것이다.

여름날이다. 나는 서울 교외의 고층 아파트 부엌에서 점심 차리는 일을 거들고 있었다. 차린다고 해도 냉장고에서 고추장아찌나 고구마조림, 즉 있는 밑반찬을 꺼내 죽 늘어놓은 후 나물반찬을 착착 만들어 더한다는 게 어머니의 생각이다.

소송채를 뜨거운 물에 삶는다. 찬물에 담근다. 건져 꾹 짠다. 송송 썬다. 사발에 담는다. 거기에 다진 마늘, 깨소금, 소금, 참기름을 더한다. 그리고 손으로 나물을 풀면서 경쾌하게 무친다.

* 후와리 | 사뿐히 올려놓음.
* 삿쿠리 | 바삭하게 튀겨 냄.
* 쓴모리 | 얇게 자른 회를 겹쳐서 모양을 냄.

한국에서는 나물을 무칠 때 결코 젓가락을 사용하지 않는다. 믿는 것은 자신의 손이다. 손가락이다.

"힘을 너무 많이 줘서는 안 됩니다. 그렇다고 힘이 너무 약해도 안 돼요."

이미 사십 년 가까이 부엌을 지켜 온 어머니가 앞치마 차림으로 옆에서 나에게 타이르듯 확인한다.

"그래서 나물은 누가 무치느냐에 따라 맛이 달라요."

손가락 힘 조절은 예상외로 까다롭다. 힘이 너무 들어가면 순식간에 쓴맛과 거품이 나와 나물의 본맛을 해친다. 그러나 힘이 모자라면 제대로 맛이 들지 않는다. "지智에 치우치면 모가 난다. 감정을 따르면 휩쓸리게 된다."● 어쨌든 어려운 부분을 날카롭게 감지해 손끝에 희미하게 힘을 주거나 빼거나 오감을 집중시키면서 정확하게 판단을 내린다.

더 엄밀하게 표현한다면 손가락 끝에 의식하고 힘을 주는 게 아니다. 손가락을 사용한다는 건 이미 자연스러운 힘이 채소에 전해지고 있다는 걸 이해하는 것이다. 미세한 움직임이 채소 섬유를 부드럽게 만들고, 조미료는 그 틈으로 스며든다는 것을 인정한 상태에서 손가락을 쓴다. 여기가 일본 요리법과 크게 갈리는 지점이다.

일본 요리에서 채소는 날카롭고 시퍼런 강철 식칼로 딱딱 가지런히 자른다. 무채도 당근채도 단면은 찌릿하게 날이 서 있

● 나쓰메 소세키의 소설《풀베개》서두에 나오는 문장.

다. 그 아름다움을 최대한 살리면서 조리용 나무젓가락으로 '사뿐히' 담는다. 채소 하나 다루는 데 있어서도 한국과 일본에서의 요체는 정반대다.

여기서 맛이 충분히 스며들었겠지, 하는 적당한 시기에 손의 움직임을 멈추면 만사 끝. 이렇게 설명하면 뭔가 답답하지만 뭐, 손으로 버무리는 시간은 고작 1분도 안 된다. 전광석화의 날랜 솜씨다. 다만, 별다를 것 없는 나물도 손을 쓰는 데 따라 맛이 전혀 다르다. 한 장 한 장 잎에 양념(복합 조미료)을 손으로 발라 싸는 배추김치가 동일하게 같은 맛으로 완성되지 않는 건 당연하다.

한국 어디든 가서 아무에게나 물어도 재미있을 정도로 같은 답이 돌아오는 질문이 있다.

"요리 맛은 무엇으로 결정됩니까?"

그러면 남녀노소가 판에 박힌 듯 답할 것이다.

"그건 손맛이죠."

백 명이면 백 명 그렇게 줄줄이 답할 것이 틀림없다.

"맛이라는 건 손으로부터 나오지요."

어느 가을날 중국 베이징에 있었다.

돌층계가 깔려 있고, 높은 담에 둘러싸인 전통 쓰허위안四合院* 식 집들이 늘어서 있는 오솔길, 커다란 회화나무가 좋은 그늘을

* 쓰허위안 | 중국 베이징의 전통적인 건축 양식. 'ㅁ'자 형태의 집 가운데 마당을 두고 본채와 사랑채 등 네 개 건물로 둘러싼 구조로 되어 있다.

드리우고 있다. 자전거 벨소리. 신문팔이 목소리. 저녁의 홍청거림을 뒤로하며 낡은 집 한 채의 문을 연다.

"자, 가시죠. 기다리고 있었습니다."

말끔히 치워진 탁자 위에 새하얀 밀가루 포대. 특별히 맛있는 만두를 만든다는 사이蔡 아주머니에게 만두 만드는 법의 기초를 부탁했다.

"아, 저는 특별하지 않고 내세울 만한 기술도 없어요. 왜냐면 어떤 집이든 다들 저처럼 어릴 적부터 만두를 만들고 있으니까요."

실제로 그 과정 전체가 숙련의 산물이었다. 밀가루에 눈짐작으로 물을 넣고 사이 아주머니가 반죽하기 시작하면, 거칠거칠하던 밀가루 표면이 손바닥 밑에서 구불거리며 점점 반들반들하게 변한다. 그 덩어리를 15분 정도 두면 촉촉하고 아기 피부처럼 부드러워진다. 그 한복판에 엄지로 꾹 하고 구멍을 뚫어 도넛처럼 양손으로 가느다란 고리 모양으로 늘이는 모습이 압도적이다. 길고 큰 고리가 되면 그것을 치고 또 친다. 그리고 잘라 낸 후 손바닥에 놓고 눌러 동그란 원을 만든다.

이것은 굉장하다. 눈대중으로 물을 부어 반죽하고, 잡아 늘여 누르고 다양한 손동작으로 자유자재로 변화시키면, 조금 전까지 그냥 하얗던 밀가루는 순식간에 '만두피'라고 하는 명을 받게 된다.

(이것이 중국 만두 사천 년의 역사라는 건가.)

나는 눈을 동그랗게 뜬다.

"어, 나는 겨우 육십삼 년밖에 안 살았는데."

사이 아주머니는 그렇게 말하며 웃지만 눈앞에서 태연하게 펼쳐지는 초절정 기교는 하루아침에 몸에 밴 것은 아니다. 드디어 동그란 밀가루 반죽에 밀방망이를 대고 빙글빙글 동그란 만두피를 만드는 시간이 겨우 15초. 손바닥에 올려 소를 채우고 손가락으로 꾹 하고 닫는다……. 그 모든 것은 마치 손가락 끝에서 열리는 경쾌한 요술 같다. 질세라 도전해 보지만 왠지 내가 한 반죽은 힘없는 구깃구깃한 덩어리에 불과하다. 흥이 난 아주머니는 만두피 접합 부분을 보리 이삭처럼 안쪽으로 겹겹이 접어 넣는 어려운 기술을 선보이신다.

막 삶은 물만두를 입에 넣으면 가운데서 죽 하고 뜨거운 육수가 쏟아진다. 씹을 때마다 펼쳐지는 밀가루의 깊은 맛. 과연 만두는 밀가루의 맛을 느끼는 음식이다. 그리고 연속 세 개를 먹었을 때 정신이 들었다.

혀가 느끼는 이 미묘한 우툴두툴함!

그 정체는 피를 포갠 부분의 두께. 주름의 겹침이다. 꽉 맞아 오그라든 뾰족한 끝 부분. 반들반들, 매끄러운 바닥의 온화함. 단 한 개의 작은 만두가 놀랄 만큼 다양한 느낌을 갖고 있다. 그러므로 이 물만두는 몇 개를 먹어도 전혀 질리지 않는다.

한 개 한 개 전부 다르지만 섬세한 맛. 그것을 만들어 낸 것은 단 하나, 사이 아주머니의 부드럽게 움직이는 손이다. 새하얀 밀가루와 삶은 물만두 사이를 손가락이 이어 주고 있다.

"어려서부터 늘 도왔는걸. 반죽을 하는 사람, 만두피를 만드는 사람, 만두를 빚는 사람, 시끄럽게 수다를 떨면서 계속 만들

베이징 스타일의 물만두는 이렇게 만들어요

① 고기에 양념을 더해서 맛을 고기에 새겨 넣겠다는 자세로 잘 치댄다.

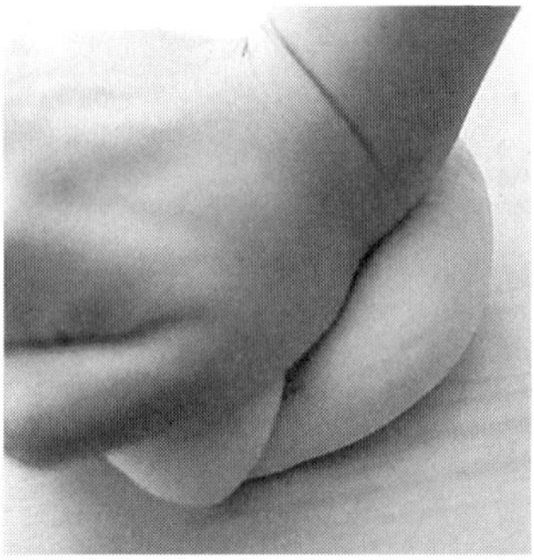

② 밀가루에 물을 넣고 손 안쪽에 힘을 모아 반죽한다. 잠시 놔뒀다가 다시 반죽하면 반죽 표면이 옥처럼 빛난다.

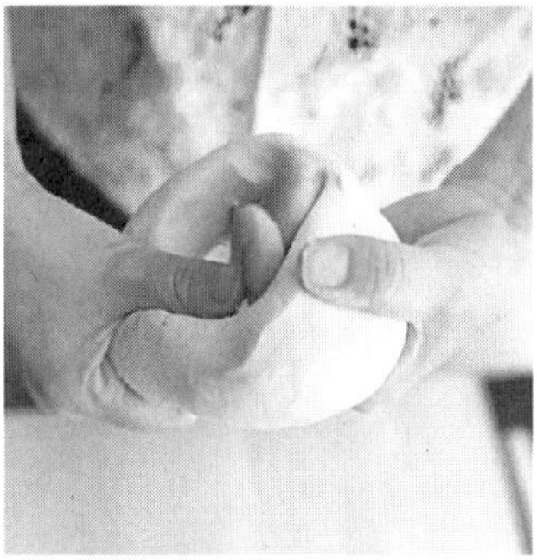

③ 반죽 덩어리 중심에 엄지손가락을 푹 넣고, 구멍을 넓혀 도넛처럼 만든다.

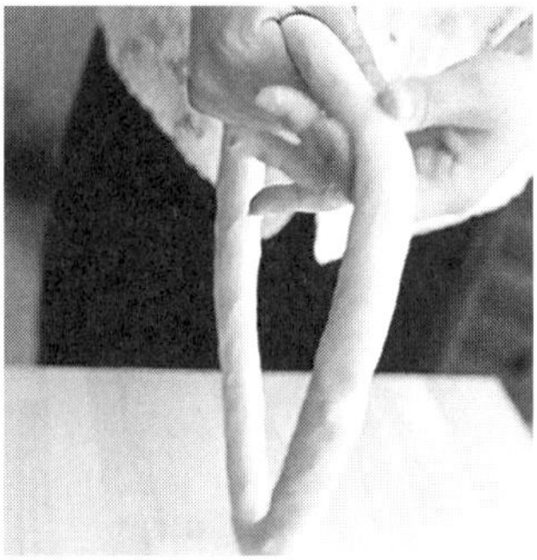

④ 주물주물, 반죽 덩어리를 양손으로 천천히 조금씩 가늘게 늘여 간다.

재료는 강력분 2컵에 물은 약 2분의 1컵. 처음 반죽할 때는 숨을 참고 힘을 세게 넣는다. 베이징에서 배운 방법 그대로, 가을 물만두를 만드는 법.

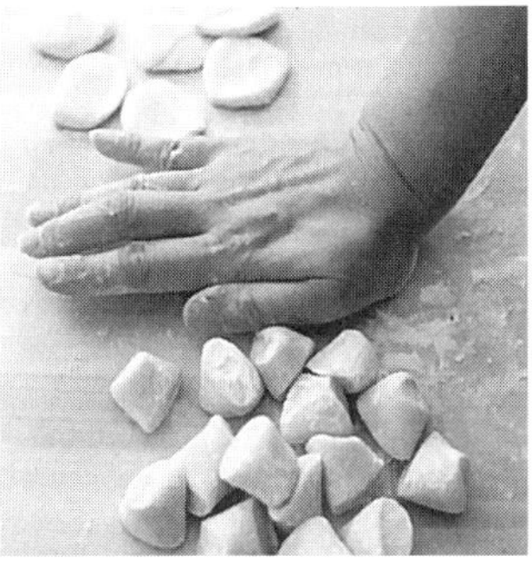

⑤ 줄처럼 된 반죽을 굴리면서 잘라내고, 가운데 파인 곳에 손바닥을 대고 지그시 눌러 동그랗게 만든다.

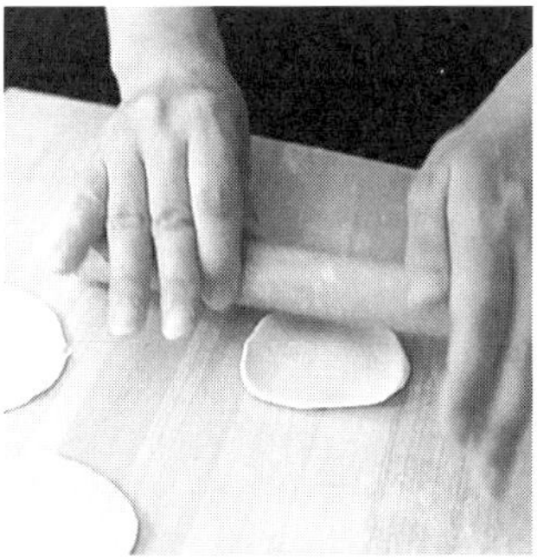

⑥ 밀방망이를 이용해 둥글고 넓게 편다. 겹쳐 붙여야 하는 주변은 얇게, 중심은 두껍게 미는 것이 포인트.

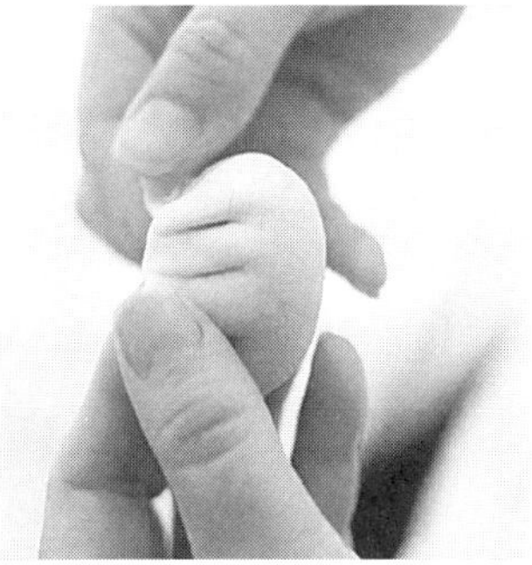

⑦ 만두소를 넣고 양손가락으로 꾹. 반죽이 잘된 만두피는 붙일 때도 물이 필요 없다.

⑧ 막 삶은 만두를 먹으면 육즙이 주룩. 아, 맛있어. 만두에 남은 손가락의 궤적이 식감에 재미를 더한다.

어요. 뭐랄까, 손이 제 마음대로 움직이는 느낌. 그게 설날이 되면 온 가족이 총출동하니 만두를 수백 개는 만들어야 하니까."

건조한 계절이라면 밀가루에 물을 많이. 습기 찬 날이면 약간 적게. 분량을 재는 건 아니지만 완성품은 항상 변함없다. 손이 모든 것을 기억하고 있기 때문이다. 밀가루 반죽의 굳기와 부드러움, 반죽 정도, 단단한 상태 전부 손에 아로새겨져 있다. 손이 모든 것을 알고 있다.

베이징의 부엌에서 나는 다시 크게 고개를 끄덕였다. 손은 실로 치밀한 센서 기능을 가진 조리 도구다.

"울적해서 부엌에서 나올 때 접시 한 장 깨뜨렸어."

작은 소리로 그렇게 말하는 친구가 있어서 순간적으로 생각했다. 아, 그래도 그건 아깝다. 나 같으면 양배추를 마구 뜯어 놓을 것 같다.

울적하지 않아도 양배추는 항상 손으로 뜯는다. 채를 칠 때도 일단 뜯어서 여러 장 겹쳐 얇게 자르는 습관이 있다. 양상추도 손으로 뜯는다. 시금치나 소송채, 허브도 뜯는다. 뿌리를 뽑을 때도 손으로 힘껏 쥐고 뽑는다. 피망도 빠직 하고 손으로 쪼갠다.

식칼의 금속기가 닿지 않게, 라는 세세한 배려도 없는 것은 아니지만, 역시 마무리의 맛이라는 게 전혀 다르다. 식칼로 단번에 끊는 것과 손으로 대충 뜯는 것은.

확 하고 옷을 벗기 듯 거칠게 뜯어 낸 양배추 잎을 지세히 보면 그 이치를 알게 된다. 뜯어 낸 양배추의 단면은 산사태 후의 산비탈 같다. 즉 그만큼 면적이 거칠고 넓고, 그만큼 조미료를 재빨리 듬뿍 흡수한다. 맛이 배어 들기 쉽다. 무엇보다 식감이 다르다. 젓가락으로 집어 먹으면 한 입 씹을 때마다 입속에서 산뜻하게 변하며 춤춘다. 뜯은 한 조각 한 조각은 크기도 면적도 각각 다르니 단순한 양배추볶음이라도 결코 질리지 않는다.

어라, 그 말은 아까 어디서…… 그렇다. 물만두와 똑같다.

손으로 만들어 낸 맛은 자유자재로 변하는 강인함이라고 할 만한 어떤 깊이가 갖춰져 있다. 그것이 소재의 장점을 끌어내는 무대 장치 역할을 한다.

그럼 도구 따위 필요 없지 않아? 이 의문은 절반만 맞다. 잘 벼린 칼로 채썰기나 깎아썰기를 한, 훌륭하게 아로새겨진 맛. 숭숭 소박하게 손으로 뗀 맛. 그 어느 쪽에도 뛰어난 맛과 모양이 있으니까. 단지 알아 두었으면 하는 건, 식칼과 어깨를 나란히 할 만큼 손도 매우 뛰어난 부엌 도구 중 하나라는 것.

재료 쪽이 "칼은 필요 없어요"라고 말하는 경우도 적지 않다. 예를 들어 살이 부드러운 정어리를 가를 때 칼을 쓰는 건 답답하다. 척추뼈가 있는 부분에 양쪽 엄지손가락을 대고 쭉 하고 손가락을 미끄러뜨리며 가르는 게 훨씬 빠르다. 뼈 바르기도 마찬가지다. 게다가 정어리는 한자로 '물고기 어(魚)' 변에 '약할 약(弱)' 자를 붙일 만큼 금방 상하는 생선이니, 손가락으로 살살 만지면서 무의식중에 신선도 확인 작업을 한다. 그것은 양배추도 시금치도 똑같다. 의식하지 않았는데도 손가락 끝에 닿는 잎의 쇠약함을 금세 발견해 낸다. 그 속도에 있어서 눈과 손은 박빙이다.

몸 하나 다루기 나름, 쓰기 나름. 자신의 몸을 얕보아서는 안 된다.

손저울이란 말이 있다. '소금 한 줌'은 손가락 세 개로 집은 양이다. 계량용 스푼으로 하면 5분의 1, 대충 1그램의 양이다. '소금 약간' 하면 손가락 두 개로 집은 양. 하지만 '약간'이라고 해도 사람마다 감각은 전혀 달라진다. 하지만 자신의 손저울을 사용하면 자기 자신에게 있어 '한 줌'이나 '약간'은 늘 변하지 않는다. 손이 일정한 맛을 만들기 위한 안내인의 역할을 하는 것이다.

몸이라는 건 쓰면 쓸수록 한계 없이 용도가 늘어나고 전체 능력이 단련된다.

그래서 나의 손은 굉장히 바쁘다. 나물, 불고기, 김치, 물만두 방면에 있어서도 열심히 노력한 학습 성과를 마음껏 발휘 중이다. 다진 고기를 반죽할 때는 손이 믹서를 방불케 할 만큼 분투한다. 힘만 된다면 나물을 뜯거나 연근을 부러뜨리거나 가능한 한 야채를 다룰 때는 우선 손을 써 보자. 열이 식었는지 어떤지 빨리 알려면 손가락 안쪽을 대보는 게 제일이다. 소금을 구석구석 뿌릴 때는 손목의 스냅을 이용해 높은 위치에서 팍팍 눈처럼 뿌리기도 한다.

하지만 이렇게도 생각한다. 손을 충분히 사용하려면 손 대용 도구 역시 제대로 쓰지 않으면 안 된다. 껍질을 벗기는 필러. 오프너. 믹서. 밥주걱. 국자. 조리용 나무젓가락. 물론 식칼도. 도구를 능숙하게 구사하는 가장 큰 열쇠는 자기 손의 힘을 얼마나 정확하게 도구로 전달할 수 있느냐, 이 지점이다.

'적을 손바닥 위에 올려놓고 멋대로 부리는 것'이 도구가 아니다. 도구는 손의 연장선상에서 대리 역을 맡아 주는 든든한 용병이다. 자신의 손끝이 순간 도구로 변한 것 같은 일체감에 익숙해지면 된다. 손과 도구가 하나가 될수록 모든 부엌일에 군더더기가 없어진다.

아무래도 그런 것 같다. 도구를 사용하면서 나도 모르는 사이 손의 사용법도 몸에 익히고 있다.

카운터에 앉는 즐거움 중 하나는 장인의 움직임, 그것도 손의 기술을 세심하게 포착할 수 있다는 것이다. 특히 초밥과 튀김은 그 기쁨을 최대한으로 팽창시켜 맛보게 해 주는 음식 아닐까? 초밥과 튀김을 먹는 날은 '그래, 눈으로 즐겨 주겠어' 하고 벼른다.

튀김용 밀가루 반죽에 잠수했다 나온 새우의 꼬리를 잡고 스윽 기름 냄비에 미끄러지듯 넣는다. 손가락 끝이 기름으로 떠나보낸 새우의 희미한 위세를 달고 있다.

(저것을 손가락이 아니라 조리용 나무젓가락으로 넣는다면, 잘해야 퐁당 하며 낙하하는 정도. 튀김옷의 아름다움은 무너져 버리고 말 것이다.)

눈앞에 놓인 갓 튀긴 튀김을 먹으며 생각한다. 초밥집의 포렴을 가르고 들어가면 카운터를 사이에 두고 초밥 장인과 마주 본다. 그날 맛있는 것이 뭔지는 장인 쪽이 손님보다는 백배 잘 알기에 대부분 맡겨 두고, 시선이 바쁘게 따라가는 곳은 바로 장인의 손이다.

밥을 잡는다. 그 순간, 일류 장인라면 1그램, 열 톨도 다르지 않게 같은 분량을 움켜쥔다. 같은 정도로 잡는다. 아니, 숫자 따윈 필요 없다. 뛰어난 미식가일수록 금방 알 수 있다. 손에 들었을 때의 무게. 입에 머금었을 때의 부피. 그리고 풍취 좋은 모습. 그러나 밥 한 알 한 알을 폭신하게 공기가 감싸고 있고, 입에 넣으면 스르륵 풀리며 재료와 함께 섞인다.

능숙한 초밥 장인의 솜씨를 보면 실감한다. 초밥은 그래서 세계적으로 유례가 없는 음식이다. 일본인은 대단한 음식을 만들어 낸 것이다. 생각해 보라. 입에 들어가기 직전까지 사람의 손안에 있다. 잡는 것도 순간, 먹는 것도 순간. 작은 초밥 한 개, 순식간에 목구멍 속으로 사라지지만 먹고 난 후에는 짙은 여운에 휩싸인다. 그리고 그 기억은 언제까지나 남아 있다.

초밥은 진정 손에서 태어난 예술이다.

카운터에서 감탄의 한숨을 내쉬니 딸이 귓전에서 속삭였다.

"엄마, 초밥은 못 만들어도 주먹밥은 잘 만들잖아."

저기, 그건 차원이 다른 얘기지. 그렇게 말한 뒤 '어, 그런가' 갑자기 생각이 바뀐다.

뜨거운 밥을 후후 불며 소금물을 뿌리고 양손으로 밥을 쥔다. 손에 힘을 마음대로 넣고 쥐면 돌처럼 딱딱해진다. 그러나 너무 약하면 모양이 무너진다. 적당한, 바로 적당하다고밖에 말할 수 없는 힘의 상태에서 한 줌의 주먹밥을 쥔다. 원통 모양, 삼각 모양, 입맛 당기는 사랑스러운 형태로 완성되고, 한 입 베어 먹으면 입속에서 후르르 부드럽게 풀어진다. 쌀알 사이에 공기를 감싸 쥐지 않으면 결코 이렇게 완성되지 않는다. 과연 그 쥐는 방법, 먹는 마음의 묘는 확실히 초밥과 서로 통하고 있는지도 모른다. 더구나 이렇게도 생각했다. 손가락에 알맞게 힘을 넣어 공기를 물리는 그 조절은 나물과도 만두와도, 그리고 여러 나라의 많은 요리와도 어딘가 연결되어 있는 게 아닌가.

싱그러운 초여름 아침 공기가 유달리 좋아 슥슥 쌀을 씻어 뚝배기로 밥을 짓는 새벽 6시 반.

문득 생각나 오늘 아침에는 막 지은 뜸 들인 밥으로 소금주먹밥을 만들었다. 순식간에 손바닥이 새빨개지고, "앗 뜨거워" 후후 불고 굴리면서 만든 소금주먹밥은 한 알 한 알이 곱게 빛나는 부드러운 삼각 모양. 웬만큼 만들 수 있게 된 건 지난 십 년 사이의 일이다. 그러고 나니 시작한 김에 손으로 뭔가를 더 만들고 싶어, 시금치에 참기름과 다진 마늘, 깨소금을 넣고 슥슥 손으로 무쳤다.

(오늘 시금치는 약간 질기구나. 그렇다면 소금을 좀 많이.)

입에 넣는 것보다 한 발 앞서 손이 시금치를 맛보고 있었다.

손은 맛을 만든다. 아니, 그 이상으로 맛의 의미를 알려 준다.

원래 '제철'은 열흘 정도를 말한다. 그런 극도로 짧은 나날이기에 시시각각 바뀌는 계절의 맛을 온몸으로 느끼고 싶다.

여행 일기:
한국의 밥

○월 ○일

부르르 흥분으로 몸이 떨린다. 비행기 트랩에서 내린 나를 제주도의 바닷바람이 인사를 대신해 강한 바람으로 맞아 주었다. 언제나처럼 트렁크 하나 들고 남쪽 항구 도시가 아니면 만날 수 없는 이 맛 저 맛을 의욕적으로 찾아 나선다.

한국에서 가장 높은 해발 1,950미터 한라산의 폭발로 만들어진 이 작은 섬의 삶은 독특하다.

"바람이 강하고, 여자가 세고, 돌이 많아."

제주도는 그런 곳이다. 서울 친구가 귀띔했다. 본래 남자는 게으름뱅이. 독신 여성을 '비바리(섬 처녀)'라고 부르는데 결혼하면 '넹바리', 즉 '고생하는 사람'이라고 부른다던가. 아이고 맙소사, 여기는 여자가 남자 몫까지 일하고 고생하는 섬입니다요.

그러고 보니 빈둥빈둥 느릿느릿한 이 동네의 공기는 어딘가와 비슷하다. 음…… 머리를 스치며 떠오른 것은 태국 푸켓이다.

짐을 풀고 바로 혀를 길들이기 위해 무궁화꽃 간판을 내건 '모범식당'을 찾아 걷기 시작했다. 햇볕은 따뜻하고 공기는 느슨하고 사람도 개도 고양이도 한가하다. 금세 분위기를 파악한 나는 걷는 속도를 서울에서보다 절반 정도 늦춘다.

○월 ○일

성게와 미역으로 끓인 '성게국', 작은 생선 자리돔을 썰어 넣은 '자리물회'. 전복과 비슷한 오분자기를 석쇠에 구운 '오분자기구이'. 제주도에만 있는 바다의 맛을 처음으로 먹어 보고 싶다.

동네에서 가장 이름난 '보건식당'에 가 보자. 저기라면 분명히 다 준비돼 있을 거야. 직감이 정확하게 적중. 가게는 현지 손님들로 흥청거린다. 보건식당 테이블에 구운 옥돔, 매운 고등어조림과 오분자기를 넣은 뚝배기까지 나란히 올스타 총집합. 초장부터 행복한 나머지 무엇부터 먹어야 할지 몰라 젓가락이 헤맨다.

성게, 전복과 오분자기, 소라…… 제주도의 신선한 해산물은 지역 해녀들이 캔 것이다. 골프장이나 리조트 호텔이 곳곳에 생겨 느긋한 관광지로 변해 버렸지만, 식탁에는 옛날 그대로 바다의 삶이 있다. 성게의 진한 맛이 미역과 잘 어우러진 소박한 국물에도, 오도독 자리돔의 뼈가 혀에 남는 물회의 상쾌함에도 섬의 삶이 담겨 있다.

제주도에서의 첫날. 이런 것을 먹었습니다.

사진 히라마쓰 요코

'차 안에서 먹을 간식'으로 누룽지를 받았다.

작은 자리돔을 넣은, 산미가 배어 있는 물회.

석쇠구이로 대낮부터 배가 불룩.

오징어배의 불빛이 바다를 밝힌다.

뜨거운 된장찌개는 어디에든 있다.

생선젓갈 맛은 한국이 최고.

김밥은 역시 제주도에서도 먹고 싶다.

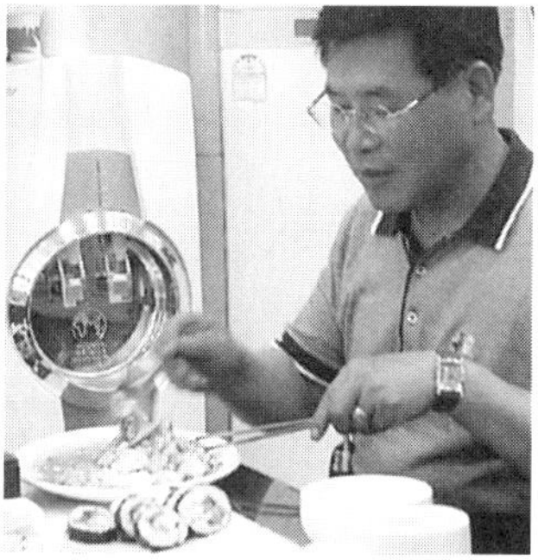

젓가락을 하나씩 잡고 우선은 섞는 게
식전의 약속.

○월 ○일

바다에만은 응석 부리지 않는 것이 제주도의 늠름함이다. 육지에 오르면 명물은 흑돼지. 바닷바람을 맞으며 자란 풀을 배불리 먹고 느긋하게 자란 토종 흑돼지는 이제 한국 전역에 알려진 고급 브랜드. 고기는 무척 달콤하고 부드럽고 뒷맛이 깔끔한 게 매우 훌륭하다.

원래 이 섬은 옛날, 목축용으로 키우기 시작한 제주 말의 생육지다. 몸이 튼튼하고 성격은 온순하고, 게다가 땅에 대한 적응력이 강한 제주 말은 농사일 및 교통에 중요한 역할을 해 왔다. 21세기 들어 말에서 돼지로 선수 교체. 이번에는 흑돼지구이의 주가가 급상승.

빛나는 바다를 바라보며 차가운 생맥주를 꿀꺽. 눈앞에서 신선한 껍질이 붙은 두툼한 흑돼지가 노르스름하게 좌르르. 더 이상 못 참겠다. 꿈속에서 수십 차례 군침을 삼키며 애타게 기다려 온 광경이 지금 눈앞에 있다. 날뛰는 마음을 억누르면서 가위로 쓱쓱, 고소하고 따끈따끈한 고기를 상추와 깻잎에 얹고 거기에 된장과 마늘도 올려서 싼다.

○월 ○일

안개비 내리는 오후, 섬의 북단에서 수암계곡을 빠져나와 계속 산속을 달려 남쪽으로. 또 하나의 숨은 맛을 찾아 차를 몰기 시작한 지 두 시간이 지나고 있었다.

"앗, 있이요. 지기예요!"

동행한 김 씨가 가리킨 곳, 안개 속에 꿩 샤브샤브 전문점 '한라성식당'이 나타났다.

"막 잡았어요, 우선 회로 드셔 보세요." 권유를 받고 주뼛주뼛 젓가락으로 집은 가슴살은 담백하고 촉촉하게 혀에 엉긴다. 다리살은 씹을수록 점점 깊은 맛이 난다. "자, 다음은 간을……"이라고 할 때 여기서 눈이 휘둥그레졌다.

달콤하다. 곧바로 사르르 녹아 구름처럼 사뿐히 정체를 감춘다. 간은 별로 좋아하지 않는다며 미온적이었던 김 씨가 "이 맛은 도대체 뭐지……." 모두 어리둥절해서 눈을 이리저리 굴렸다. 주인이 자랑스럽게 가슴을 편다.

"말간 하나는 소간 열 개만큼의 영양가가 있는데, 말간 열 개와 꿩간 하나의 영양가가 똑같아요."

비교하는 숫자를 머리가 따라가지 못한다. 그때 끓고 있는 냄비가 들어오고 문득 정신이 든다. 뜨거운 국물에는 얇게 썬 무, 미나리, 팽이버섯뿐.

활짝 핀 꽃처럼 놓인 꿩의 가슴살을 젓가락으로 집어 김 나는 뜨거운 국물에 담근다. 표면이 하얗게 부풀어 오른 순간. 지금이다! 즉각 건져 올려 소금을 넣은 참기름에 살짝. 국물을 머금은 바깥쪽 섬유가 이와 이 사이에서 풀어지고, 반쯤 익은 안쪽에서 육즙이 주르륵 나온다.

말하는 사람은 이제 아무도 없다.

절정은 계속됐다. 마무리는 제주도산 메밀을 쳐 직접 만든 메밀국수. 충분히 우려 낸 국물에 새롭게 더해진 건 꿩 한 마리의

기쁘게 즐겁게

엄청난 꿩 샤브샤브에 몹시 흥분!

설마 처음부터 이런 맛과 만날 줄이야!
여행지에서 뜻밖의 진미와 조우했을 때만큼 흥분되는 순간은 없다. 회, 샤브샤브, 마무리용 수타 국수. 대낮부터 이런 극도의 행복에 몸을 내맡겨도 되는 걸까.

혀에 엉기는 듯한 넓적다리살과 가슴살, 생간의 아름다움에 황홀해서 말도 안 나온다. 자유롭게 운동하며 건강하게 자란 꿩의 넓적다리살을 베어 물면, 강인한 힘줄의 식감이 이에 퉁 하고 부딪히며 깊은 맛이 난다.

뼈가 전부! 즉, 꿩을 통째로 완전하게 맛보는 코스다.

꿩의 맛을 듬뿍 담은 쫄깃쫄깃한 국수를 먹으며 나는 무릎을 쳤다.

"도쿄의 그 도리나베鷄鍋와 비슷하네."

유시마湯島 '도리에이鳥榮'의 닭 국물 냄비요리다. 모든 군더더기를 뺀, 그저 아름답고 맑디맑은 맛. 그 정갈함은 맛보는 사람으로부터 탄식만을 이끌어 낸다. 그 같은 한숨을 한국의 남쪽 끝에서 내뱉게 되다니.

멀리 오지 않으면 결코 만나지 못하는 맛이 있다. 제주도의 꿩 맛에는 바다와 산, 자연이 가득 차 있었다.

끝까지 압도된 채 순식간에 세 시간이 지났다. 돌아가는 길, 왠지 떠나기 아쉬워 뒤를 돌아보니, 남자 손님들이 테이블에 둘러앉아 한 손에 맥주를 들고 트럼프 게임에 열중하고 있다. 그래, 여기는 제주도. 아까부터 주방에서 바지런히 움직이는 건 과연 여자들뿐이었다.

○월 ○일

한국 전역을 뒤흔든 진기하고도 기묘한 음식이 전라남도에는 두 가지 있다. 하나는 산낙지. 또 하나는 삭힌 홍어회다. 산낙지를 입에 넣으면 도망갈 곳을 잃고 발악하는 빨판이 목에 달라붙어 질식하기 직전. 홍어회는 강렬한 암모니아 냄새가 정수리를 뚫고 나와 민사悶死 직전. 어느 쪽이든 멀쩡히 있기 어렵다는 것만은 아이라도 금세 안다.

하지만 그 둘에 대결을 선포하려는 용기 있는 자가 바로 나다. 삼십 년간 한국에 다니면서 서울에서 '비슷한 것'을 먹어 본 적이 있을 뿐, 그 어중간함이 아직도 분하다.

자, 본고장의 것과 정면승부에 나선다. 머리띠를 다시 졸라매고 비행기를 타고 전남으로 향한다. 목적지는 산낙지의 본거지 목포다.

○월 ○일

낙지 전문점이 줄지어 늘어선 목포 독천의 통칭 낙지 골목. 어느 가게 입구의 수조에서도 특산 세발낙지가 쉬익쉬익 씩씩하게 유영하는 중이다. 검은자위가 크고 부리부리한 동그란 눈동자에 겁이 덜컥 나지만, 무사에게 유턴은 허용되지 않는 법.

그런데 느닷없이 고비가 찾아왔다. 자리에 앉아 호흡을 가다듬을 틈도 없이 산낙지가 시원스레 등장했다. 아주머니가 탕 하고 놓은 작은 그릇 속에서 세발낙지의 가늘고 긴 다리가 둥실둥실 헤엄치고 있다.

(어떻게 입에 넣는다는 거지?)

공포와 막막함이 뒤섞여 머릿속은 온통 새하얗다. 그때 아줌마가 왼손을 뻗어 한 마리를 덥석 포획해 오른손에 쥔 나무젓가락 끝을 비정하게 머리에 그대로 푹 넣어 몸을 관통시킨다. 허공에 뜬 다리 여덟 개를 손가락으로 두 차례 훑는다. 그것을 빙글빙글 돌돌 말아 추어올려 나무젓가락에 고정한 후 된장을 듬뿍 찍더니 내 입에 쓱 하고 밀어 넣으려는 것이다.

천하의 기묘한 음식에 대위기!

이건 쫄 수밖에. 귀여운 둥근 눈동자의 세발낙지와 시선이 마주치고 말았다. 그러나 아주머니는 무자비하게도 나무젓가락을 푹 머리에 꽂고는 다리를 빙글빙글 감아 천천히 내 입에 틀어박는 것이었다.

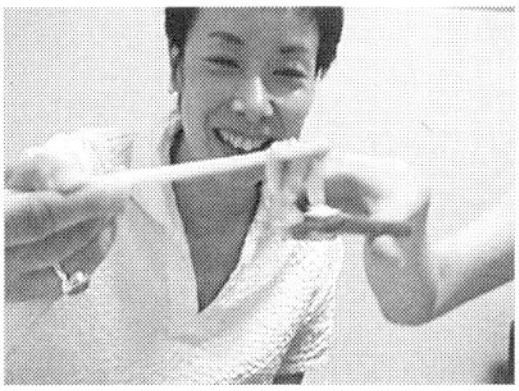

두려웠던 것이 드디어 눈앞에. 산낙지 통째로 먹기, 목포의 명물이다. 입에 들어가자 낙지는 남은 힘을 모아 볼에 목에 잇몸에 빨판을 찰싹 붙였다. 그것이 '맛있는' 모양입니다만, 저는 다시 먹지는 않을 것 같아요. 아무튼 질식할 정도로 힘들었다.

"자, 어서." 몸을 내밀고 다가오는 아주머니의 빨간 입술이 촉촉하게 빛난다. 코너에 내몰려 억지로 열린 내 입은 윗니와 아랫니 사이에 끼운 나무젓가락을 필사적으로 핥을 수밖에 없었다.

꾸욱! 위턱, 뺨 안쪽, 목구멍. 빨판이 일제히 꿈틀거리며 심하게 날뛰고 달라붙었다.

도망갈 곳을 잃고 혼란에 빠진 건, 그러나 낙지만은 아니다. 꼬물꼬물 미끈미끈, 이 비상사태를 극복하려면 이제 씹을 수밖에 도리가 없다. 충분히 씹어 온순하게 만드는 것 외에 타개책은 없다고 깨달은 나는 단숨에 공세에 나섰다.

물컹! 그 후 오도독 탱탱. 이에 전해지는 경쾌한 감촉. 그 순간 '승리'란 두 글자가 떠올랐다.

대단한 맛이 있는 건 아니다. 그 대신 빡빡 끈끈 달라붙는 이 감촉, 그 패닉의 감각이 참을 수 없는 거란 걸 알았다. 나도 이번에는 "헤헤" 하며 아저씨처럼 득의의 미소를 지었다.

○월 ○일

빨판의 감촉이 아직 입속에 생생한 이튿날. 자, 이 기세를 타 보자. 중요한 승부의 날이 찾아왔다.

'금메달식당'은 김대중 전 대통령이 졸업했다는 고등학교 근처에 있다. 비록 간판이 없어도 바로 알 수밖에 없다. 주위를 휘감은 강렬한 암모니아 냄새 때문에. 금메달식당은 이미 어떤 독특한 존재감을 빌휘하고 있었다.

메뉴는 딱 세 가지. 홍어회와 탁주를 함께 맛보는 '홍탁', 홍어찜, 삶은 삼겹살과 배추김치와 홍어회를 함께 먹는 '삼합'이다.

"모처럼 왔으니 세 가지 다 먹죠."

순수 서울 토박이 김 씨가 갑자기 의욕을 내며 나선 것은 옆 테이블 일행이 멀리 부산에서 왔다고 들었기 때문이다.

"서울에서도 목포의 '홍탁' 소리를 들으면 모두 겁을 먹고 꽁무니를 빼니까요. 돌아가면 먹어 봤다고 자랑할 수 있겠네요."

주방에서 홍어에 칼을 대고 있는 여주인은 고무장갑을 끼고 흰 가운을 입은 모습. 마치 여의사 같다. 위화감 가득한 그 모습이 흥분에 불을 붙인다.

큰 접시가 나온다. 정렬해 있는 두툼한 생선살이 평범해 보여 약간 맥이 빠진다.

"히라마쓰 씨, 자, 먼저."

우쭐해서 먼저 젓가락을 뻗긴 했지만 독을 확인하는 직책을 맡았을 뿐이다.

두꺼운 한 조각을 덥석 먹는다. 깨문다. 오도독 오도독 식감 있는 살과 연골 속에서 천천히 피어오르는 무언가. 어두운 구멍을 계속 파 나가듯 계속해 오독오독 깨문다. 난생 처음인 무언가. 그것은 순식간에 입속을 화 하며 채우고, 이어서 비강에 직격탄을 쏜 후 단번에 수천 개의 날카로운 바늘이 되어 정수리를 찡 하고 찔렀다.

눈물이 치솟고 있었다. 발효된 암모니아의 자극이 전류가 되어 찌르르 달렸고 몸이 달아오른다. 얼굴이 새빨갛게 상기돼 눈

강렬한 암모니아 냄새!
홍어회로 오늘 밤 졸도 직전

반도의 남쪽에서는 홍어가 잘 잡히지만 홍어는 맛이 심심하고 연골이 많아 빈말이라도 맛있다고는 말할 수 없는 생선이다. 그것을 '맛있게' 먹기 위한 지혜의 결정이 이 진미다. 오도독 씹히는 맛이 있고, 씹는 순간 강렬한 암모니아 냄새가 머릿속을 누빈다.

물을 흘리고 있는 나를 모두가 취한 듯 멍하니 바라보고 있다. 젓가락을 잡고 굳은 채로 뒤로 쓰러질 것만 같았다.

"이거 마셔요, 빨리."

무심코 김 씨가 주전자에 담긴 막걸리를 따른다.

"!!"

소스라치게 놀랐다. 뭐냐 이것은! 마시고 마셔 익숙해진 평범한 막걸리가 천하의 미주美酒로 바뀌어 있다. 강렬한 암모니아 냄새를 맡고 사망하기 직전, 그것을 막걸리가 사르르 조용하게 끌어안고 자극의 난폭함을 일거에 달래려 든다. 목포 '홍탁'은 분명히 '세계적인 기묘한 음식'임에 틀림없었다.

강렬한 이중주 한가운데서 어질어질, 한 조각 더 먹고, 한 번 마시고, 다시 한 조각…… 술꾼의 무릉도원이 여기에 있다.

그 뒷일은 잘 기억나지 않지만 막걸리 주전자에는 술 한 방울도 남지 않았고, 세 개의 접시는 다 비었다는 후문이다.

○월 ○일

아침, 호텔 침대에서 일어나 차가운 물 한 컵을 들이킨다. 슬슬 간밤의 기억을 끌어내 보자.

흰 옷을 입은 여주인이 귀띔했다.

"홍어를 숙성 발효시키는 이 요리는 한국에서 200년간 이어지고 있는 전통 먹을거리예요. 먼저 커다란 옹기 바닥에 건초를 깔고 거기에 홍어, 마른 풀, 홍어를 여러 겹 층층이 쌓아 올리고, 마지막에 숯을 얹은 후 뚜껑을 덮어 밀폐합니다. 건초는 숙성 발효의 온도를 유지하고, 여분의 수분을 흡수하죠. 숯은 공기를 정화하고 잡균의 침입을 막기 위한 것이고요. 숙성 발효는 18도에서 열흘간, 이게 가장 좋습니다. 여름철, 기온이 30도 정도 계속되면 불과 사흘 또는 나흘 사이에 충분히 발효해요. 홍어는 훌륭한 알칼리 식품으로 부기를 잡고 이뇨 효과도 있습니다. 장을 청소하고 항암 작용도 있어서 주목받고 있어요. 이 가게를 시작한 지 삼십 몇 년인데, 내 좋은 피부와 건강은 홍어 덕입니다."

천하의 기묘한 음식과 일생일대의 대결을 할 생각이었는데, 아니 이럴 수가, 홍어회에는 숙성 발효를 능숙하게 관리하는 한식의 지혜와 기술이 가득 차 있었다.

홍어만이라면 크게 매력은 없는 담백한 맛. 게다가 연골이 많아 먹기 어렵다. 그러나 옹기나 건초, 숯을 능숙하게 써 발효시키면 전혀 다른 새로운 맛을 만들어 낸다. 자연스럽게 숨을 쉬는 옹기에 담아 발효를 촉진하는 것은 김치, 된장, 간장과 같다.

오늘밤도 얼이 빠져 보고 싶구나, 홍어회로. 다시 원래 상태로 돌아갈 수는 없다. 터무니없이 맛있는 술을 알아 버린 나는, 오히려 불행한 건지도 모른다.

○월 ○일

서울로 돌아갈 날이 가까워지고 있다. 역시 이 근방에서 가볍게 정리하자며 목포에서 차로 한 시간 드라이브를 겸해 해남으로 발길을 옮겼다. 고요에 폭 싸인 작은 마을, 1924년 창업한 노포 '천일식당'에서는 옛날 그대로의 남도 정식이 기다리고 있다.

전라남도 여행 닷새째

전통 정식으로 점심

테이블 다리가 휠 만큼, 이래도 되나 싶을 만큼 많은 접시가 늘어서는 게 한국의 정식이다. 하지만 가짓수에만 주의를 빼앗겨선 안 된다. 작은 요리 하나하나에 남쪽의 맛이 제대로 진하게 담겨 있다. 조금 짠가 싶은 것도 남쪽의 맛.

중요 인사들도 서울에서 몰래 찾아온다는 이 가게의 명물 '떡갈비'. 고급 소갈비살을 칼로 두드려 일단 둥근 모양으로 만든다. 그 후 망에 얹어 이번에는 인두로 평평하게 고르고 숯불에 굽는다. 쓸모없는 기름은 빠지고, 안쪽에 맛있는 육즙이 듬뿍, 입속에서 작 튀어 오른다. 100년이 넘는 가게의 분위기는 앉아 있는 것만으로 마음이 안정되고, 여행의 정취가 듬뿍.

숯불 떡갈비, 청어구이, 감태(해초)나 생선 내장젓갈…… 테이블에 오른 항구의 신선한 맛에 역시 여기에서도 젓가락은 멈추지 않았다.

○월 ○일
제주도와 전라남도를 날마다 전전. 어쨌거나 나의 피와 몸에는 붉은 힘이 용솟음쳤다. 역시 대단하군, 한국은. 짠 하고 나타난 욘사마도, '한류' 붐이라는 것도 이때 인정한 것 같다. 30년 한국을 걸어 봐도 여전히 가는 곳곳, 들르는 계절마다 하늘을 우러르며 극도로 감동하게 되는 맛이 계속 이어진다. 이 남쪽의 작은 항구 도시에서 또한.

아침 10시 20분 대한항공기는 드디어 전라남도 광주 공항을 이륙, 포만감을 싣고 서울로 향한다.

남도 여행을 마치고 서울로 돌아왔다

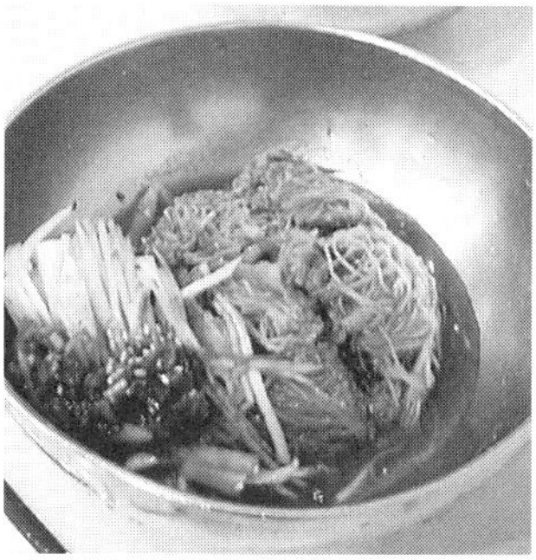

빨리 점심을 끝내고 싶을 때는 신맛과 매운맛을 동시에 느낄 수 있는 상쾌한 비빔냉면.

정오 직전. 신선한 야채를 잔뜩 진열하고 준비를 갖춰 임전 태세.

욘사마, 서울에서도 영업 중.

과연 건강에 열광하는 한국. 토마토의 리코펜이 아이스크림에도.

옛 맛을 지키는 냉면집에서는 면을
삶은 즉시 찬물에 헹구는 것을 엄수.

햇빛에 말린 고추는 언제나
경동시장에서 삽니다.

누룽지탕 숭늉은 보리차와 같은 맛.
식사 마무리로.

서울에 가면 먹고 싶어지는 것은 완고하게 옛 맛을 지키는 가게의 음식. '반세기 동안 맛을 지켜 가고 있습니다'라는 식당이 짠 하고 나타난다. 사실 변함없이 맛을 지켜 가는 것이야말로 가장 어렵다. 그리고 항상 감동하는 건 그런 가게에 확실히 젊은이들도 많다는 것이다.
'파스타도 햄버거도 좋아하지만 역시 우리나라 음식이 좋아.' 이렇게 말하는 젊은이는 실제로 꽤 많다. 이런 데에도 한국의 저력이 숨어 있는 거겠지.

계절의 맛

차 한잔해요

"하와이에 다녀왔어요. 이거 엄청 맛있더라고요. 선물이에요."

찻집 한구석에서 도코 씨가 이렇게 말하며 가방에서 포장된 작은 물건을 꺼내기에 나도 몸을 앞으로 기울였다. 먹보의 눈이 반짝반짝 빛나기 시작했다.

"쌉쌀한 하와이안 코나 커피콩을 화이트 초콜릿으로 코팅한 과자예요. 이게 또 먹기 시작하면 멈출 수 없을 만큼 맛있어서……."

카푸치노 마시려던 것을 멈추고, 나는 즉시 주방에 줄지어 있는 차통들을 떠올린다. 코나 커피콩에 화이트 초콜릿이라니! 코가 벌름벌름한다. 분명 일본 차에도 중국 차에도 잘 어울리겠구나! 항상 마시는 센차煎茶*로 할까, 아니면 대만의 동딩우롱차?

* 센차 | 일본 녹차의 한 종류. 좁은 의미로는 햇빛을 가리지 않고 재배한 싹을 사용한 차, 넓은 의미로는 찻잎을 뜨거운 물에 담가 성분을 추출해 만든 녹차를 말한다.

너무 연하려나? 아무튼 집에 가면 무슨 차든 우려야지.

과자가 눈앞에 있으면 무슨 차를 같이 마실까 생각하게 된다. 거의 조건반사다. 흔한 간장 센베 과자 하나도 뜨거운 현미차와 함께 먹으면 훨씬 더 맛있어진다.

바사삭 센베가 부서지는 소리도 기분 좋다. 고작 차 한잔, 저는 이런 걸로 금방 신이 나는 사람입니다.

"차 한잔해요."

이 말을 입에 담는 것도, 누군가 이렇게 말을 걸어 주는 것도 굉장히 좋아한다. 기다렸어요. 뭐랄까 그 순간, 정답을 맞힌 듯한 분위기로 뿅 하고 바뀌잖아요. 하릴없이 빈둥대는 것처럼 흘러가던 일상의 무대가 확 달라지는 것이다.

그런데 그날 그 순간 한잔의 차를 걱정 없이 맛있게 우리는 것, 그게 참 어렵다. 찻잔을 두 손으로 받쳐 들고 목구멍을 울리며 마시면, 최후의 한 방울이 달콤한 이슬 한 방울처럼 세상의 속박을 벗어던진 듯 근심을 잊게 해 주는 한잔이 있는가 하면, '이건 그냥 연한 색깔의 온수', 낙담하게 하는 한잔도 있다.

"아, 진짜 어려워요. 차 우리는 건."

1875년에 창업하여 차를 주문 판매하는 교토의 노포 '가이카도開化堂'의 야기 가즈코八木和子 씨가 그렇게 말씀하셔서 나는 내 귀를 의심했다.

"아…… 정말 맛있다, 그렇게 생각할 수 있는 차를 우릴 수 있게 된 게 겨우 몇 년 전이니까요. 그 전까지 왕고모님이 우린 차에는 견줄 수 없었어요."

시집와서 삼십 년 넘게 방문하는 손님에게, 가족에게, 매일매일 몇 번씩 차를 우려 온 사람이 하신 말씀이다.

아니, 생각해 보면 확실히 그렇긴 하다. 비록 똑같은 찻잎, 똑같은 온수도 우리는 방법 하나만으로 맛이 완전히 달라진다. 설사 재고 할인할 때 산 묵은 찻잎이라도 맛있게 우리면 "우와 맛있어, 이거 어디 차예요?"라는 반응이 나오게끔 본래 이상의 맛을 뽑아낸다. 도쿄의 큰 은행 부지점장으로 있는 남자 사람 친구가 살짝 알려 준 것이다.

"비밀인데, 아주 중요한 손님한테 내놓는 차는 꼭 특정인에게만 우리게 해. 역시 그런 게 있더라고."

물이 기세 좋게 끓으며 뚜껑을 밀어 올려 하얀 수증기를 뿜어낸다. 아침에 일 하나를 끝내고 시계를 올려다보면 오전 10시 반이 지난다. 이 시점에서 뜨거운 차 한잔으로 한숨 돌리고 싶어진다. 자, 그럼 어떤 차로 할까. 차통을 잡으려는 손이 일순간 망설인다. 아, 맞다. 어젯밤에 개봉한 도코 씨가 준 하와이 선물이 있지. 먼저 센차로 시험해 볼까.

차에는 돈을 아끼지 않는 편이다. 일본 차는 센차, 현미차, 호지차, 교쿠로玉露●, 메밀차. 중국 차는 대만에 갈 때마다 사 오는 칭차清茶, 동딩우롱차, 긴슈안차金萱茶. 지난번에 상하이에서 발견한, 긴 찻잎을 바늘처럼 꼬아 놓은 구딩차苦丁茶(다이어트 효과

● 교쿠로 | 일본 녹차 중 최상품으로, 햇빛을 가려 연하게 키운 잎으로 만든 차.

가 있다네요)라는 것도 조금 가지고 있다. 홍차는 얼그레이에 수레국화꽃과 오렌지껍질, 레몬껍질을 섞은 '레이디 그레이'(향기로움에 중독될 수 있음), 요크셔 지방의 정통 블렌드티다. 그 외에도 많이 있는데, 그리스 시골에서 가져온 그릭마운틴티(허브티)도, 교토 오하라大原 지역 행상 아주머님들이 직접 만든 수제 교반차京番茶(세게 볶아서 거칠어요)도 고치高知 지역의 허브차(꽃가루 알레르기에 효과가 있지 않을까 하는 개인적인 기대가 큽니다)도 열심히 마시고 있다.

다만, 차는 그다음이 좀 번거롭다. 부담 없는 반차番茶*나 현미차, 호지차, 메밀차, 그리고 허브차라면 뜨거운 물을 듬뿍 따라 향과 풍미를 끌어내면 되므로 크게 귀찮지 않다. 그러나 교쿠로는 물론이고 일상적으로 마시는 센차는 우리는 방법에 따라 맛이 완전 달라지기 때문에 조금 번거롭다.

이 차라는 놈을 한번 파헤쳐 보자.

차는 원래 동백과의 상록수인 차나무에서 딴 잎을 가리킨다. 차 종류의 차이는 발효 방법의 차이에서 온다. 찻잎을 딴 후 쪄 발효를 멈춘 것이 녹차, 반쯤 발효시킨 것이 우롱차, 완전 발효시킨 것이 홍차다. 즉, 찻잎을 찐 일본 차(녹차)는 산화효소가 분해돼 있기 때문에 그만큼 찻잎 자체의 신선한 풍미가 살아 있다.

그러나 센차만 해도 한 가지가 아니다. 초록의 섬세한 향기를 남기기 위해 휙 하고 금방 쪄 내기만 한 '아사무시센차浅蒸し前

* 반차 | 질이 그다지 좋지 않은 엽차.

茶', 두세 배의 시간을 들여 푹 쪄 내 맛이 깊은 '후카무시센차深蒸し前茶', 찌지 않고 솥에서 볶기만 하여 산뜻한 풍미가 더해진 '가마이리센차釜炒り前茶'…… 풍미도 향기도 세분화되어 있다. 그중에서도 간토 지방을 중심으로 잘 팔리는 것은 향기도 강하고 풍미도 깊은 '후카무시'. 잘 우리느냐 못 우리느냐에 상관없이 농후한 맛을 내기 쉽다는 것이 인기의 비결이다. 과연 바야흐로 센차의 맛에도 강하고 깊은 맛을 좋아하는 현대인의 기호가 반영되어 있는 것이다.

물론 그해 맨 처음 딴 차를 필두로 찻잎을 따는 시기도 맛에 크게 영향을 미친다. 더욱이 우지차宇治茶, 사야마차狭山茶, 이세차伊勢茶, 야메차八女茶…… 산지에 따라 배전법도 제조법도 다르다. 비록 동일한 시즈오카 현 내에서도 토질에 따라 잎의 두께와 맛이 달라진다. 센차 하나만 해도 여러 가지가 있는 것이다. 그렇지만 지식만으로는 맛있는 차를 우릴 수 없다는 게 어려운 점이다.

"물의 최적 온도는 70~80도, 찻잎은 카레 먹는 숟가락으로 한가득 떠서 한 스푼. 뜨거운 물을 붓고 30초~1분 정도 기다려요."

태어났을 때부터 차에 대한 자부심 속에서 자랐어요, 라고 웃으시던 '아이코쿠세이차愛國製茶' 대표 바바 아키오馬場章夫 씨의 말은 실로 명쾌하고, 차를 우리는 손놀림도 확신으로 가득 차 있었다. 아오야마青山 '자쓰우茶通人'에서 보여 주셨거든요.

차 주전자를 거의 끝까지 기울이고 얌전히 위아래로 움직이며 아쉬운 듯 최후의 한 방울까지 찻잔에 끝까지 따라 우려 주는, 가을이 담긴 센차. 그 찻잔을 손바닥에 올리고 꿀꺽. 한 번 더 꿀꺽. 무심코 후유 하고 한숨이 흘러나온다. 이 부드러운 떫음. 이 달콤함. 이 두터운 순함. 진정 차의 맛이란 것이 오장육부에 스며들듯 침투한다.

"일본 차의 맛은 타닌과 아미노산의 균형입니다. 막 끓어오른 뜨거운 물을 바로 부으면 쓴맛만 튀어나옵니다. 미지근한 온도로 천천히 찻잎에 함유된 타닌의 떫은맛, 아미노산의 맛과 달콤함을 끌어내야 합니다."

목 안을 타고 내려가며 입안에 그윽한 향기를 남기는 센차를 마시면서 딱 2주 전 교토에서 마신 얼음에 우린 교쿠로의 감로가 혀끝에서 구르던 그 순간을 떠올렸다. 폰토초先斗町 한가운데 '자코우보 나가타케茶香房 長竹'의 카운터. 그렇게 확 차가운 교쿠로에도 혀끝을 감싸 도는 듯한 달콤한 유혹이 있었다. 나쓰메 소세키《풀베개》의 한 구절이 떠올랐다.

> 찻잔을 내려놓지 않고 그대로 입에 가져다 댔다. 깊고 달달한, 적당한 온도의, 무거운 이슬을 혀끝에 한 방울씩 떨어뜨려 맛보는 것은 한가한 사람에게 알맞은 풍류다.

통달한 한량, 이 찻집의 주인 나가타케 슌조長竹俊三 씨도 오랫동안 차 전문점에서 일한 사람. 특이하게 얼음에 우린 교쿠로는 얼음이 녹으면서 온도 변화가 보통의 차와 역순으로 일어나 천천히 느긋하게 맛을 불러내는 기술인 것이다.

"어려운 건 없습니다. 대충하면 돼요."

그렇죠. 그 부분입니다. 모두가 알고 싶어 하는 것은 그 '대충'…… 이 어떻게 하는 것이냐다. 폰토초의 저녁노을의 기억을 떠올리고 있었더니 찻잎들 속에서 자란 바바 씨가 말했다.

"할아버지가 자주 말씀하셨어요. 차를 가장 맛있게 우리는 건 무덤에 들어갈 날이 얼마 남지 않은 사람…… 이라고."(웃음)

심오하지 않은가? 가이카도의 가즈코 씨도 말씀하셨다.

"나이 드신 분이 우린 차는 이길 수가 없어요."

그날 이후 나는 차를 우리면서 생각한다. 생각하면서 아침이고 저녁이고 차를 우린다. 그러는 사이에 어렴풋이 알게 된 게 있다. 어쩌면 차는 '느긋함의 신' 품에 안기는 것과 같을지도 모른다. 느긋하게 물을 끓인다. 그러고는 천천히 식힌다. 차 주전자에 뜨거운 물을 붓고 찻잎이 한번 하품하도록 기다린다는 기분으로 느긋하게 있는다……. 이 순간 흐르는 것은 늘 똑같았던 일상의 속도와는 미묘하게 시간 축이 달라진 듯 느리고 느긋한 시간의 흐릿함. 이런 호흡의 상태를 몸에 익히면 초보에서 관염으로 몇 걸음 다가갈 수 있는 게 아닐까.

"공부하면 안 돼. 공부를 하면 할수록 바보가 돼." 우메사오 다다오梅棹忠夫●가 《지식 생산의 기술》에선가 한 말이다. 차도

● 우메사오 다다오 | 1920~2010. 일본의 인류학자. 국립민족학박물관 초대 관장.

비슷하다. 생각하는 문제가 아니다. 연습이 중요한 것도 아니다. 몇 십 년간 우려 마시고 마시다가 어느새 "네가 우린 차 맛있구나"라는 말을 듣게 되면 그만이다. 그러면 되기는 한데, 그저 관이 나에게 다가오는 때를 기다리고만 있으면 나를 너무 더딘 사람이라고 생각할 텐데.

이리하여 내가 고안해 낸 궁극의 방법은.

'차를 우릴 때는 동시에 다른 일도 한다.'

웃으면 안 돼요. 이게 의외로 힘들어요.

끓인 물을 식힐 때 잊어버린 척 흐르는 물에 접시를 네다섯 개 씻어 본다. 찻잎에 물을 따랐으면 아무 일도 없는 것처럼 거기서 벗어나 신문 기사를 읽어 본다. 실제로 내가 우린 차의 맛은 이 눈물겨운 '틈틈이 학습'의 성과에 따라 경이로운 진보를 이뤘다. 아, 정말이다.

솨…… 하고 지붕을 두드리는 빗소리, 하얀 꼬리를 남기며 나아가는 구름의 흐름, 눈동자에 쏟아져 내리는 별밤의 빛. 계절이 바뀌는 것을 절실히 느끼게 된 것은 언제부터였을까. 대략 마흔을 넘겼을 때부터였을까. 그러고 보니 정말 그때쯤부터 "잠깐 쉴까요", "차 한잔하시죠"라는 얘기를 나누는 티타임의 편안함을 소중히 여기게 된 것 같다.

봄은 꽃, 여름은 두견새, 가을은 달, 겨울에는 흰 눈조차 맑아진다.

도겐道元 선사의 시에 이어 읊조리고 싶어진다. 뜨거운 차 한 잔과 과자에 마음속을 다시 한 번 들여다보게 되는구나. 사실 이렇게 느낀 것도 얼마 되지 않았지만. 눈치 볼 필요 없는 친구와 얼굴을 마주하고 신나게 수다 떠는 그 시간이야말로 귀하다. 들떠서 과자 준비를 마친다.

"차 한잔뿐이지만 부디 거절하지 마시기를."

연신 허리를 굽히고 죄송스러워하는 갑작스러운 손님이라도 차 한잔과 작은 과자 하나 내어 드리면 금세 긴장을 풀고 어깨의 힘을 뺀다.

"아유, 이거 참 감사해서……."

그러면 나도 안도한다.

정성스럽게 끓인 차 한잔이 그저 형식적으로 내놓은 것으로 비춰질 때도 있지만, 거기에 과자 하나를 더하면 이야기는 확 달라진다. 나란히 나온 차와 과자에는 모처럼의 한때를 소중히 보내고 싶다는 생각이 담겨 있다. 물론 혼자서 차를 마실 때도 마찬가지다. 과자는 있어도 없어도 상관없다는 사람이 있겠지만 나는 그렇게 생각하지 않는다. 소바보로蕎麦ぼうろ*, 노리마키아라레海苔巻きあられ*, 도라야키どら焼き*, 무엇이든 상관없다. 과자와 함께라면 차의 떫은맛, 쓴맛, 단맛의 윤곽이 선명히 그려진다. 세 번의 식사 시간 사이사이, 티타임으로 편안하고 차

- 소바보로 | 메밀가루로 둥글게 구운 과자.
- 노리마키아라레 | 둥근 과자에 김을 싼 것.
- 도라야키 | 물에 갠 밀가루를 원형으로 구워서 두 장을 겹쳐 그 사이에 팥소를 넣은 빵.

분해진다.

과자에 대한 즐거움은 사계절 제각각. "봄은 꽃, 여름은 두견새"라는 글귀처럼, 이 계절에는 역시 이 과자, 그리움을 불러일으키는 것이 누구든 한두 개 있다. 없는 사람도 있으려나. 마을의 오래된 화과자 가게 처마 끝에서 그날의 다과를 찾아 떠들썩한 사람들을 보면, 나한테까지 그 기쁨이 전해져 온다.

일본에 태어나서 좋구나. 초봄이 되면 된장으로 만든 소와 우엉의 풍미가 남다른 하나비라모치花びら餅. 벚꽃이 필 때는 뭐니 뭐니 해도 사쿠라모치桜餅, 그다음은 구사모치草餅●, 와라비모치わらび餅●, 여든여덟 밤이 지나고 딴 햇차●가 드디어 나올 즈음이 되면, 가시와모치柏餅●를 입안 가득 먹지 않으면 연중행사를 빼먹은 것 같은 기분이 든다. 장마 때는 쫀득한 목넘김이 좋은 구즈자쿠라葛桜●, 구즈만주葛まんじゅう●, 미즈요캉水ようかん●, 한여름이 되면 미쓰마메みつ豆●나 시라타마白玉●. 아그작 아그작 빙수를 해치우고 진하게 끓인 센차로 한숨 돌리는 것도 뭐라 말할 수 없이 좋다. 이러다 보면 이번엔 구리킨톤栗きんとん●

- ● 구사모치 | 쑥떡.
- ● 와라비모치 | 도라지떡.
- ● 햇차 | 입춘에서 88일이 지난 후 대개 찻잎을 따기 시작한다.
- ● 가시와모치 | 팥소를 넣은 찰떡을 떡갈나무 잎으로 싼 것.
- ● 구즈자쿠라 | 칡녹말가루로 만든 반죽에 팥소를 넣어 벚나무 잎으로 싸서 찐 떡.
- ● 구즈만주 | 칡녹말가루로 만든 만주.
- ● 미즈요캉 | 보통보다 묽게 만든 양갱. 물양갱이라고 한다.
- ● 미쓰마메 | 삶은 완두콩에 깍둑썰기 한 우무를 넣고 꿀을 친 디저트.
- ● 시라타마 | 흰 경단.
- ● 구리킨톤 | 강낭콩과 고구마를 삶아 으깨어 거기에 밤 등을 넣어 동그랗게 만든 음식.

이 궁금해진다.

'마치 집에서 여는 하쓰가마初釜* 같구나.'

매년 가을, 목을 빼고 기다린 구리킨톤의 포장을 머뭇머뭇 뜯는 순간, 나는 이렇게 중얼거리며 쓴웃음을 짓는다.

밤이 열리는 계절에 늘 변함없이 주문 전화를 거는 곳은 기후岐阜 나카쓰가와中津川의 과자점이다. 금방 딴 밤을 잘 으깨고 설탕만 더해 반죽해 엄지손가락만 한 크기로 나눈다. 그것을 새하얀 무명천에 싸 아주머니들이 꼭꼭 가볍게 눌러서 만드는 일본 가을의 소박한 맛. 쓰윽 하나를 집어 혀 위에 올려놓으면 밤이 사르륵 녹으면서 빨갛고 노랗게 물들기 시작한 마을 뒷산의 소박한 풍경이 눈앞에 좌악 펼쳐진다. 여기에 입안을 촉촉이 해 줄 차는 최대한 정성스럽게 우려지길 바라는 것이 사람 마음이다.

한편 뜨거운 찻잔을 후후 불며 하얀 수증기가 얼굴을 감싸는 걸 일부러 즐기고 싶은 것은 겨울. 바람에 찬 기운이 느껴지면 교토의 마쓰카제松風*, 도라야키, 긴쓰바きんつば*…… 저절로 무거운 과자에 손이 간다. 그러나 연중 동일한 코스만 밟으면 낭만이 없다. 소중한 겨울의 즐거움은 바로 중국 차와 초콜릿이다. 그것도 쥐죽은 듯 조용한 한밤중에.

언제부터인가 커피도 홍차도 아닌 중국 차에도 다양한 과자

* 하쓰가마 | 다도를 배우는 사람들이 새해 처음으로 차솥을 걸어 놓고 차를 끓이며 하는 다과 행사.
* 마쓰카제 | 흰 일본된장이 들어간 카스테라와 비슷한 화과자.
* 긴쓰바 | 밀가루 반죽에 팥소를 넣고 넓적하게 구운 과자.

의 맛을 끌어오게 되었다. 오랫동안 좋아하고 있는 홍차 '레이디 그레이'를 마시면, '아 초콜릿엔 역시 절묘하게 어울리는구나' 하고 감탄하지만, 그래도 내 손이 자주 향하는 곳은 우롱차, 호지차, 센차, 현미차 등이다.

거기에 관해서도 가즈코 씨가 툭 뱉은 말이 귀에 남는다.

"차를 맛있게 우려야지, 라고 생각하는 게 문제예요. 욕심이 문제라는 거죠."

잊을 수 없는 어린 시절의 풍경이 있다. 다섯 살 때였던 거 같다. 우리 집에선 신축 공사가 한창 이어지고 있었는데 바쁘게 일하는 목수 아저씨들의 모습은 하루 종일 봐도 질리지가 않았다. 그중에서도 제일 기다린 것은 오전 10시와 오후 3시에 찾아오는 티타임이었다.

엄마가 찻주전자와 찻잔을 쟁반에 담아 나른다.

"잠깐 쉬시고 하세요."

그것을 신호로 건축 현장의 분위기는 단단한 매듭이 풀린 듯 부드러워진다. 모두 각자 찻잔과 과자를 손에 들고 삼삼오오 앉는다.

따뜻한 차를 홀짝. 아, 맛있다. 어린아이도 알 수 있었다. 겨울, 양지바른 곳에서의 티타임은 잔잔한 파문을 일으키며 퍼져가는 부드러운 온기에 싸여 있었다.

여름은 역시 카레입니다

당신은 인도 사람인가요?

장 보고 돌아온 엄마의 장바구니를 들여다보니 하얀 터번을 머리에 두르고 부리부리한 눈을 가진 사람이 생긋 웃고 있었다.

항상 빨간 캔에 든 카레 가루였는데 오늘밤 카레는 처음 보는 사각 상자에 들어 있다! 그것만으로 숙제 따위 안중에도 없어졌다. 해 질 무렵 카레 냄새가 온 집 안을 떠다니기 시작하면, 일주일 동안 기다렸던 드라마 〈명견 래시〉도 금세 관심 밖이 된다. 1965년 무렵의 이야기다. 그 당시에는 카레와 인도가 무슨 연관이 있는지 알 리가 없었다. 그도 그럴 것이 카레라이스는 오므라이스, 치킨라이스의 형제쯤이라고 생각했으니까.

지카 짱네는 '원터치 카레'였고, 다케다 군은 '오리엔탈 카레', 할머니가 '모나카 카레'를 냄비에 막 집어넣는 집도 있었다. "우리 집은 소스를 뿌려." "우리 아버지는 꼭 간장을 뿌려." 감기로 누워 계신 엄마의 병문안을 오신 이웃 아주머니가 온 김에 만들어 주신 점심 카레는 한가운데가 살짝 파여 있고 거기에 날달걀이 풀어져 있었는데, 처음 보는 광경이라 조금 설렜다.

하지만 급식으로 먹었던 달달한 노란 카레도, 백화점 큰 식당에서 은색 식기에 담겨 나오는 진한 갈색 카레도, 바다학교의 묽은 카레도, 캠프에서의 탄 카레도 전부 좋아했다. 카레 냄새를 맡으면 언제나 아주 행복했다.

이런 친밀한 관계에 찬물을 끼얹은 건 중학교 영어 교과서를 들여다본 아버지다.

"얘야, 카레는 사실 카레가 아니라 커리야. '커'에 악센트가 있고 '리'는 혀를 말아서 하는 발음이란 거 아니?"

그런 걸 갑자기 얘기하면 어쩌자는 건지. 카레라이스가 갑자기 카레라이스가 아니라고 하면 곤란하지. 엔도 겐지遠藤賢司도 노래했다.

♪ 당신도 고양이도 나도 모두 좋아해 카레라이스를

카레는 향신료로 이루어져 있다. 그 사실을 실제로 확인한 것은 도쿄 구니타치国立의 다이가쿠 거리 인근에 있는 고급 슈퍼마켓 '기노쿠니야紀ノ国屋'에서였다. 고등학생 때 열심히 읽은 오기 마사히로荻昌弘의 에세이를 통해 알게 된 향신료는 '우아, 이런 색깔이구나'. 카레 루roux*도 카레 가루도 본래 정체는 이

것이다. 선반 가득 늘어서 있는 향신료 병을 넋을 잃고 바라보았다. 도쿄 올림픽이 열릴 즈음에는 어린이를 위한 달콤한 '버몬드 카레'가 등장했고, 오사카 만국박람회가 열릴 즈음에는 어른을 위한 매운 '자와 카레●'가 나왔고, 카레 루의 세계도 착착 진화했지만, 한편으로 카레 루를 사용하지 않고 향신료로 만드는 카레도 있다는 것 같다. 아무래도 그쪽이 '정통파'.

그렇지만 나는 거리를 두고 있었다. 향신료를 조합해 만드는 카레에 흥미를 가지려 해 봐도 《그라비아》라는 잡지에 등장하는 앞치마를 걸친 남자들은 커피밀, 맷돌 같은 걸로 몇 종류의 향신료를 계속 두드려 빻고 계신다. 큰 소뼈를 한나절 이상 끓여 퐁드보Fond de Veau● 등을 만들고 계신다. 카레는 이틀 끓이면 최소 사흘은 재워 두라고 말씀하신다. '정통파'를 멀찍이 보면서 나는 혼잣말을 했다.

저런 걸 매일 하면 주부는 주방에서 죽는다고.

얼마 지나지 않아 내가 조용히 중얼거렸던 말 그대로를 인도 여성에게서 듣게 될 줄이야.

"일본 사람들은 맛있는 카레는 시간을 많이 들이지 않으면 만들 수 없다고 생각하죠. 그런데 전혀 그렇지 않아요. 생각해 보세요. 양파 두 시간 볶음! 육수에 한나절! 세 시간 더 졸임! 그런 식으로 매일 카레를 만든다고 해 보세요."

● 카레 루 | 카레 가루를 고체 덩어리로 뭉친 것.
● 자와 카레 | 인도네시아 자바섬의 이름을 딴 카레. 일본은 '자바'를 '자와'라고 발음한다.
● 퐁드보 | 소뼈를 이용해 만드는 프랑스식 육수.

한숨을 한 번 내쉬고 그녀는 말했다.

"인도의 주부는 힘들어서 다 죽을걸요."

정성 들여 만들어 내는, 영국을 통해 전해진 유럽풍 카레. 인도, 네팔, 스리랑카의 가정에서 매일 먹는 카레. 카레 루를 풀어서 만드는 일본의 카레. 똑같이 카레라고 부르지만 모두 하나같이 '내력이 다른 요리'였던 것이다.

나는 얽혀 있던 카레의 족보를 스무 살이 되어 간신히 알아냈다.

아지랑이가 한낮의 도로 위에 피어난다. 기온은 벌써 40도를 넘었다. 인도 올드델리의 교외. 인력거 운전사 사이도 씨 집의 돌로 만든 간소한 주방은 가운데 정원을 지나 빠져 나가는 바람의 길을 따라 있기 때문에 풍로에 불을 붙여도 생각만큼 더워지지는 않는다.

"아내가 콜리플라워 카레를 준비하고 있습니다."

점심 먹으러 들르겠다는 약속을 잡은 것은 바로 전날이었다. 나와 딸, 우리 둘의 여행에서 처음 이틀 동안 탔던 인력거의 운전사 사이드 씨는 아주 선한 삼십대 남자로, 괜찮으시면 내일 저희 집에 오시겠어요? 애들도 좋아할 거예요, 라며 초대해 주었다.

"우리 집에 일본인 손님이 오실 줄이야."

에메랄드그린 색의 사리를 입은 아내 미라 씨가 수줍어한다.

맨발인 오른 발목에 채운 얇은 발찌의 금빛이 한낮의 대양에 반짝반짝 반사되어 아름답다.

"꼭 평소 먹는 그대로요." 몇 번이나 부탁했기 때문에 미라 씨는 "제대로 차리지 못해서 부끄럽습니다." 미라 씨에겐 오히려 더 죄송하지만, 역시 손님 접대용보다는 항상 이들이 먹는 요리를 먹어 보고 싶다.

"늘 이런 식으로 만들어요." 미라 씨가 풍로 앞에 쪼그려 앉아 손에 쥔 작은 칼로 콜리플라워를 금세 잘게 자르고 바구니에 담는다. 냄비를 불에 올리고 기ghee● 를 숟가락으로 한 번 떠 넣는다. 거기에 커민과 빨간 고추를 넣어 향이 배어들면 좀 전에 준비해 둔 콜리플라워와 완두콩을 털어 넣는다.

역시 향신료 상자다. 여기서 그녀가 집은 것은 일곱 종류의 분말 향신료가 들어간 둥근 용기다. 네팔의 마스케이 씨의 주방에서도 그랬다. 마스케이 씨는 말했다.

"혹시 도마는 없을지 몰라도 향신료 상자만은 어느 집에나 있는 주방 살림입니다."

네팔에서도 인도에서도 티베트에서도 옛날에는 나무를 파고 깎아 향신료 상자를 만들었다. 지금은 튼튼한 스테인리스가 폭넓게 사용되고 있지만 미라 씨의 애용품은 여기저기 긁힌 자국이 있는 노란색 플라스틱이었다.

향신료 상자 안을 보면 그 집 맛의 기본을 알 수 있다. 기본은 심황turmeric, 붉은 고추, 커민, 고수 같은 것. 거기에 시나몬, 올

● 기 | 인도에서 많이 사용하는 버터오일의 일종.

스파이스, 머스터드시드, 별도로 몇몇 종류의 향신료를 조합한 가람 마살라garam masala●…… 자신이 자주 사용하는 향신료부터 우선순위대로 수납한다.

바꿔 말하면 이렇게 된다. 카레는 이 상자 안에 담긴 몇 가지의 향신료로 충분히 만들 수 있다.

미라 씨가 콜리플라워 카레에 풀어 넣은 것은 빨간 고추, 심황, 커민, 겨우 세 개뿐. 콜리플라워 위에 팍팍 뿌리고 한 번 휘젓고 두 번 젓는다. 거기에 물을 둘러 주고 뚜껑을 덮고 보글보글 끓이면 충분하다. 순식간에 콜리플라워 카레 완성!

보세요. 주부가 매일 준비하는 밥은 이렇지 않으면 안 되죠. 다만, 향신료의 조합은 사람들 제각각의 기술과 비법이다. 고기 카레에는 검은 후추, 시나몬, 올스파이스, 가람 마살라 등 풍미가 강한 향신료. 야채 카레에는 커민, 고수 등 풍미가 연한 향신료. 여기에 머스터드시드, 카다몬……. 재료가 가진 맛에 맞춰 다양하게 조합해 자신의 맛을 만들어 낸다.

인도에서 카레를 먹을 때마다 '과연 이런 거구나' 하며 무릎을 친다. 전혀 다른 것을 합쳐 하나의 맛으로 완성한다. 그것이 카레다.

태국 카레는 좋아하세요? 나는 한때 푹 빠진 적이 있었다.

1980년, 유라쿠초有楽町 뒷골목의 태국 요릿집에서 처음 먹은

● 가람 마살라 | '매운 혼합물'이란 뜻으로, 시나몬, 카르다몸, 커민, 후추를 베이스로 한 혼합 향신료.

카레의 특별한 맛에 나는 흥분했다. 초록 카레, 빨간 카레, 하얀 카레, 노란 카레 모두 인도, 네팔의 맛과는 전혀 다른 세계였다. 초록 카레는 신선한 허브와 청고추, 흰 카레는 코코넛밀크, 혀를 수천 개의 장미 가시가 찌르는 듯한 매운 빨간 카레에는 남플라Nam Pla● 와 피클과 젓갈이 들어 있어서…… 미각에 뻥 하고 바람구멍이 뚫린 나는 단번에 각성했다.

카레는 향신료만으로 만드는 게 아니었다.

그리고 태국 카레는 태국에서 먹고 싶다는 이유만으로 나는 방콕, 치앙마이, 동북 지역의 우돈타니, 우본라차타니…… 태국 전역을 돌아다녔다.

지방마다 기후와 풍토가 다른 태국이지만 때가 되면 어느 가정에서든 반드시 들리는 소리가 있다. 바로 맷돌 소리다. 드륵드륵 드륵드륵 마른 소리가 금방 습기를 머금은 무거운 소리로 변하면 맷돌 안도 촉촉하고 윤택하게 습해지고, 콧구멍을 간질이는 화려한 향기가 퍼져 나간다.

"시집올 때 먼저 맷돌을 구입합니다. 맷돌이 없으면 태국 요리는 아무것도 시작할 수 없어요."

모두가 입을 모아 말하는 그 맷돌로 카레도 만들 수 있다.

레드 카레라면 잘게 으깨 넣는 것이 홍고추, 작은 양파 홈뎅, 마늘, 레몬그라스, 카피(새우된장), 후춧가루, 클로브(정향), 스타아니스, 고수 등의 향신료…… 물에 담가 충분히 부드러워지면

● 남플라 | 태국의 어간장, 액젓.

느긋하게 드르륵 드르륵 전부 잘게 갈아 섞어서 끈적한 페이스트로 만든 것이 쿤켄데인●. 이른바 '카레의 원료'이다.

"들은 이야기지만 방콕 근처 도시에서는 이걸 봉지에 담아 가게에서 판다고 하지 않겠어요. 믿기지가 않아요."

태국 동쪽 끝 우본라차타니의 시골 마을에서 저녁 식사에 초대해 준 할머니가 눈살을 찌푸리며 크게 한탄했다.

"이렇게 맷돌로 천천히 제대로 으깨지 않으면 맛있는 카레가 되지 않아요."

나는 애매하게 맞장구치며 쓴웃음을 지을 뿐이다. 할머니, 그러면 나도 태국의 훌륭한 주부는 절대 될 수 없겠네요. 맛있다는 건 잘 알지만 매일 아침저녁 이런 식으로 맷돌을 돌려 일일이 카레를 만들 수는 없어요. 도쿄의 백화점 식료품 매장에서 태국 카레 페이스트를 살 때마다 기막혀하는 할머니의 얼굴이 눈앞에 떠오른다.

알고는 있지만 일단 간편함을 알게 되면 포기할 수 없다. 이것만 있으면 원터치로 휙. 생각나면 곧바로 대략 만족스런 태국 카레를 만들 수 있기 때문에 뱃가죽이 등에 달라붙을 일은 없다.

죽순과 소고기가 들어간 엄청 매운 레드 카레를 양 볼 가득 넣고 이마에 땀을 흘리며 생각한다. 태국도 인도도 똑같구나. 생각해 보면 원래부터 카레라는 건 느긋하고 대범하게 흐르는 시간과 아낌없는 노력으로부터 태어난 것처럼 느껴지는 음식이다.

● 쿤켄데인 | 레드 카레 페이스트.

"아, 좋아라. 오늘은 카레구나."

카레 냄새는 어째서 사람을 이렇게 기쁘게 할 수 있는 걸까. 카레라는 말을 들으면 누구든 코가 벌름거린다. 다만, 우리 집에는 그다음이 있다.

"그런데 오늘은 인도 카레야? 태국? 일본?"

까탈스러워서 죄송합니다. "오늘은 인도 카레"라고 말하면 "오호". "오늘은 태국"이라고 말하면 "좋네". 그러나 나는 안다. "으음, 오늘은 일본입니다."

그때다. 모두의 얼굴에 희미한, 정말 희미한 안도의 표정이 떠오른 것은.

카레 루로 만드는 일본 카레는 어쩐지 몸도 마음도 누그러뜨린다. 어떤 준비도 필요하지 않아 안도한다. 더욱이 뜨거운 카레를 걸쭉하게 부으면 마음껏 흰밥을 먹을 수 있다. 카레라이스는 일본인 한 사람 한 사람에게 있어서 잃어버린 '작은 마들렌' 같은 것이다.

그런데 이상한 건 이게 일본인뿐만은 아닌 것 같다는 것이다. 모로코에서 만난 남자는 "일본에 돌아가면 뭔가 보내 줄게요. 뭐가 좋을까요?"라고 물으니, 단박에 "카레로 부탁드려요." 호주에서 유학했던 딸은 당시 같은 반 친구인 이탈리아 여성에게 부탁받아 반년에 한 번 카레 루를 소포로 보내는 게 습관이다.

몇몇 나라 학생이 모이는 파티에서 '일본 요리'를 만들면, 최고 인기는 항상 카레였다고 한다. 게다가 올봄 도쿄에 놀러온 태국인 친구들이 슈퍼마켓에서 쇼핑하고 싶어 한 건 카레였다.

카레 루로 만드는 일본 카레, 이것은 본가인 아시아도 경유지인 유럽도 걸쭉하고 대범하게 흡수합병해 하나로 묶은 유혹의 맛이 아닐까.

정원 앞 나무에 붙은 매미가 낮부터 맴맴 대합창을 하고 있다. 더위가 한창인 그런 날은 역시 카레로 결정한다. 인도 스타일로 오크라* 넣은 카레로 해 볼까. 코코넛밀크의 부드러운 맛을 떠올려 보니 태국 카레도 갑자기 당긴다. 아니야, 무더위에 땀을 뻘뻘 흘리는 매운 카레우동도 참을 수 없이 좋지. 그럼 어떤 걸로 하지?

마음이 들떠 냉장고 안을 들여다본다. 매운맛 속에서 여러 가지 맛이 복잡하게 터져 나오는 그 순간을 생각하면 흥분이 끓어오른다. 맥주를 차게 준비해 놔야지. 카레를 만들어야지. 여름 카레로 기력을 북돋운다.

* 오크라 | 아열대 채소로 여자 손가락 모양과 비슷하다고 하여 레이디핑거라고도 불린다.

면을 후룩후룩

손가락 사이로 물줄기가 크게 일렁인다. 하얀 소면 다발도 함께 춤추듯 빠져나간다. 기분 좋아라.

장마철쯤부터 조금씩 면을 삶는 날이 늘어난다. 복날 즈음에는 아주 열심히 후루룩거리고 싶다. 장어로 기력을 찾고 한편으론 면을 산뜻하게 후룩후룩. 정반대이긴 하지만 둘 다 내 몸이 무척 좋아한다.

여름이 되면 역시 면이다. 그것도 차가운 면. 추르릅, 면이 입술 사이로 튀며 춤추는 느낌을 떠올리며 부엌 선반에 얼굴을 들이밀고 건면을 부스럭부스럭 찾고 있는 내가 있다.

그것은 어린 시절에 깊이 새겨진 여름의 기억이기도 하다.

여동생과 라디오 체조를 배우러 다니던 시절, 여름방학의 점심은 항상 소면, 혹은 중면 국수였다. 어쩌다 보니 그런 식이 되어 불평의 여지도 없었다. 그런데 여름방학이 중반을 넘어가면 점심 때 부엌에서 소면 삶는 냄새가 나는 것만으로도 윽 하고 목이 막혔다. 엄마, 이제 슬슬 지겨워요. 이제 좀 그만.

그래 놓고 어른이 된 후 여름만 되면 그 똑같은 게 먹고 싶어지는 건 왜일까. 면에는 몸에 직접 호소해 오는 어떤 힘이 있다.

아무리 맛있는 면이라도 마무리하는 방법 하나로 맛이 확 바뀐다. 삶은 면을 헹굴 땐 흐르는 물에 장난을 치고 싶어지지만, 면이 퍼지지 않게 찬물로 꽉 잡아 주는 건 시간과의 싸움. 방심하면 모처럼 삶은 면의 맛이 뚝 떨어진다. 우물쭈물하지 말고 서둘러.

그런 사실을 알게 된 것은 한국의 냉면집 주방에서였다.

냉면 전문점에서 건면은 취급도 하지 않는다. 하나하나 심혈을 기울인다. 미리 만들어 두지 않고 주문이 들어올 때마다 수량에 맞춰 반죽을 거대한 전용 압축기에 넣는다. 압력이 가해져 무수히 많은 가는 선으로 바뀌는데, 즉 면이 되는데, 이들을 바로 밑에서 기다리는 건 물이 펄펄 끓어오르고 있는 큰솥이다. 면 한 줄 한 줄이 뜨거운 물속에서 격렬히 몸부림치는 건 겨우 20~30초, 그것을 소쿠리로 휙 구해 준다.

절정은 여기서부터다. 바로 옆 물통에 소쿠리째 푹 넣어 열을 순식간에 빼앗은 후 곧바로 그 면을 큰 얼음 덩어리가 떠 있는 물로 옮긴다. 그런 다음 바로 손으로 북북 비벼 씻는다.

기세의 격렬함은 장난이 아니다. 마치 부모님의 원수처럼 북

북 북북 비빈다. 비유가 좀 그렇지만 걸레인 듯 거칠게 마구 비빈다. 차가운 얼음물에 두 손은 벌겋게 변한다. 이를 악물고 비비는 것이 끝나면 면을 두 손으로 잡고 혼신의 힘을 다해 꽉 짠다.

냉면 맛은 면의 마무리 상태가 좌우한다. 삶은 면이 퍼지지 않게 차가운 얼음물로 꽉 잡아 주는 것은 꼭꼭 씹었을 때 면발의 강한 탄력을 느끼기 위해서다. 냉면은 메밀가루에 감자, 고구마, 도토리 등의 전분을 사용하지만 그 탱탱함을 최고로 끌어내 주는 역할은 얼음물에서 재빨리 비벼 헹구기가 한다.

직접 냉면을 만들어 보면 금방 알 수 있다. 얼음물에서 헹구자 손가락 사이에서 순식간에 면이 튀어 오르기 시작한다. 그러니 맛있는 냉면을 만들겠다는 일념으로 면을 삶기 전 먼저 냉동고에서 얼음을 꺼내 놓는다. 나 혼자 먹는 면 한 그릇이라 해도.

냉면뿐 아니다. 소면, 중면, 우동, 중화냉면, 쌀국수, 파스타.

따뜻한 면도 차가운 면도, 그 맛의 최대 적은 면의 질척거림이다. 삶았으면 즉각 물기를 뺀다. 소쿠리를 위아래로 팍팍, 면의 무게를 이용하며 힘껏 털어 물기를 제거한다. 일단 물에 담가 놨던 면도 똑같이 확실히 물기를 뺀다. 어정쩡, 우물쭈물해서는 안 된다. 물기를 싹 없애 버리자.

그런 그렇고, 더위에 지쳐 의욕이 없을 때, 어찌 해도 식욕이 생기지 않을 때, 나른해 부엌에 들어가고 싶지 않을 때, 여름에는 어떤 이유를 만들어서든 면의 도움을 자주 받는다. 단, 소면만 계속 먹으면 역효과. 배 속 저 안으로부터 식욕이 샘솟지 않는다.

모처럼 '후룩후룩' 하기로 했으니 기분을 확 바꾸고 싶다. 이 기회에 왁자지껄하게 장단을 맞추며 기운을 북돋고 싶다.

차조기. 파. 생강. 양하. 향미 채소는 소면을 따라다닌다. 좋은 향에 더해 아삭아삭 와작와작 씹는 맛이 좋아 식욕을 일으킨다. 이것을 대충 곁들이는 음식 취급하면 어중간해져 버린다. 향미 채소는 있는 대로 남김없이. 이게 나의 방식이다. 앞의 향채들에 파드득나물이나 오크라, 손에 닿는 향미 채소를 죄다 썰어서 듬뿍.

"이, 이렇게 많이……."

여름에 오는 손님에게 "같이 점심 하실래요?" 라고 하면, 눈을 동그랗게 뜨고 놀란다.

물기를 뺀 소면을 큰 접시에 담고 거기에 썰어 놓은 향미 채소를 산처럼 올린다. 또는 미리 소면과 슥슥 함께 섞어 놓는다. 섞어 놓은 걸 젓가락으로 들어 올리면 향미 채소가 소면에 감겨 멘쓰유•에 낙하할 일도 없다. 다 먹으면 초록 향기가 차올라 더위를 쫓고 입안은 청량해진다.

또 하나, 기운을 북돋아 주는 것이라면 고추다. 한국의 냉면 중에도 비빔냉면은 혀를 쥐고 춤추고 싶어질 만큼 가차 없이 맵다.

비빔냉면, 즉 새빨간 양념장으로 비빈 국물 없는 함흥냉면은 한국에서도 특히 여름에 인기 있다. 고춧가루, 다진 마늘, 참기름, 간장, 설탕, 거기에 배와 양파를 갈아 섞어 만든 양념장은 엄

• 멘쓰유 | 면을 찍어 먹는 간장.

청나게 매운맛. 탱탱한 새빨간 면을 씹는 동안 이마에서 목덜미에서 등에서 땀이 줄줄 흘러내리지만 다 먹었을 때쯤에는 오히려 시원해진다.

여름은 역시 카레입니다. 거기에 보태고 싶은 것은 카레우동!

원래 카레우동은 메이지시대 도쿄에서 처음 만들었다고 하지만, 오사카와 교토의 카레우동도 지지 않는다. 예를 들어 교토부청 앞 '야마비코やまびこ'의 '스지● 카레우동'은 최고의 보양식이다.

"여름이면 일주일에 한 번은 나도 모르게 이쪽으로 발이 움직인다니까."

"그 집 맛은 중독성이 있어." 교토의 친구들이 말한다. 흐르는 땀도 끈적거리는 여름 교토의 한낮에 '스지 카레우동'의 격렬한 한 방은 통쾌하다. 젓가락으로 들어 올리면 쫄깃한 우동이 튀어 오른다. 삶은 물을 버리고 다시 삶기를 여섯 번, 부드럽게 푹 고은 소의 힘줄이 녹아내린다. 파워풀한 매운맛, 뜨거움이 혀 위에서 기쁨의 춤을 춘다. 땀을 비 오듯 흘리며 먹고 나면 샤워를 한 것 같다. 참고로 '야마비코'에는 여름 한정 '냉 스지 카레소면'도 있다. 그리고 카레우동 팬이라면 난젠지南禅寺 근처 '히노데日の出 우동'의 '달콤 카레우동'도 강력 추천하고 싶다. 푹푹 찌는 무더운 교토를 걸을 용기가 솟는다.

소면의 정갈한 깨끗함. 매운맛에 혀가 타는 뜨거운 카레우동.

● 스지 | 소고기 힘줄.

여름의 면은 어중간하면 안 된다. 바늘이 측정 범위를 초과할 정도의 맛으로 원기를 불러일으켜 준다. 초여름이 되면 갑자기 스위치가 켜지며 히야시추카冷やし中華●가 먹고 싶어지는 것도 새콤달콤함에 비밀이 있다. 혀 안쪽이 수축되는 듯한 산미가 더위와 습기에 지친 식욕을 힘내라고 격려한다.

여름에는 확실한 맛이 좋다. 확 하고 향이 강한 맛. 매운맛. 새콤한 맛. 뜨거운 맛. 차가운 맛. 진한 맛. 짠맛. 그것이 '후룩후룩' 면에 감겨 목구멍에서 위장으로 내려가며 몸에 스며든다.

해 질 녘 시원한 바람. 정원에 뿌리는 물. 땀띠분 냄새. 유카타浴衣●의 촉감. 멀리서 축제의 북소리가 들려오면 귀를 기울인다. 또는 온 가족이 전철을 타고 나가 해수욕. 들뜬 마음에 수영을 너무 오래해 새파래진 입술을 핥으면 바닷물 맛이 나고, 목이 타고, 배는 등에 붙는다. 여름 축제도 해수욕도 야시장도 본오도리盆踊●도 그리운 그 여름과 함께 떠오르는 맛, 그것이 소스 야키소바다. 좋아했는데, 소스 야키소바. 건더기라곤 양배추와 숙주 정도, 몇 가지 들어 있지 않아 오히려 파래와 빨간 생강절임이 주연을 맡는다. 드문드문 발견하는 튀김옷 부스러기가 기쁘다. 고소한 소스 뒤범벅의 야키소바는 이벤트 기분이 가득 들게 한다. 진하고 짠 소스의 맛과 향, 이것 또한 일본 여름의 맛이다.

● 히야시추카 | 일본식 중화냉면. 차가운 면에 고기, 채소 등을 얹고 새콤한 장을 곁들여 비벼 먹는다.
● 유카타 | 여름철에 입는 무명 홑옷.
● 본오도리 | 음력 7월 15일 밤에 추는 윤무.

풍경 소리는 8월이 끝나면 왜 그렇게 바로 쓸쓸하게 들리는 걸까. 아직 더운데 갑자기 여름을 팽개쳐 두고 앞서가 버린다. 그러면 바로 어제까지 그렇게 먹고 싶었던 히야시추카와 소면에 약간 거리감이 생긴다. 하지만 다음 계절로 나아간 것이니 어쩔 수 없다. 여름에는 끓어올랐던 만큼 그다음은 온화한 맛에 몸을 맡긴다.

가마아게소바釜揚げそば를 아세요? 나는 처음 이즈모出雲에서 가마아게소바를 먹었을 때 지미滋味*란 단어와 친해졌다.

이즈모의 향토 요리이기도 한 이 면 요리는 메밀국수를 삶자마자 솥에서 국수 삶은 뜨거운 물을 같이 떠서 국수와 함께 그릇에 담는다. 그것뿐인데 가케소바かけそば*와는 전혀 다르다. 국수 한 가닥 한 가닥이 스르륵 부드러운 국수물에 감싸 안겨 묵직하게 중심을 잡고 있는 것 같다고 할까. 육수를 부어도 멘쓰유에 담가도 좋을 것 같다. 다진 파, 고춧가루, 가쓰오부시가 곁들여지지만 넣어도 안 넣어도 괜찮다.

소바의 달인들이 말하는 '장인의 기술'이라든가 '긍지' 같은 번지르르한 말과는 거리가 먼 수수한 면이기 때문에 기세 좋게 '후룩후룩'은 어울리지 않는다. 느긋하게 후후 불어 호록 하고 넘기는 동안 편안함이 손끝, 발끝까지 퍼진다. 그릇을 완전히 비울 때쯤에는 몸 안에 반짝 하고 조용히 불이 켜진다. 그 정도로 맛있다.

* 지미 | 수수하면서도 깊다는 뜻.
* 가케소바 | 뜨거운 쓰유에 여러 가지 건더기를 넣어 먹는 메밀국수.

"덥네." "어우, 진짜 덥네."

덥고 더운 나날이 시끄럽게 반복되는 동안에도 계절은 움직인다. 그렇게 심하게 의지해 왔던 소면과도 조금 거리가 생겨나 몸에 찾아온 작은 변화를 눈치챈다. 이번에는 따스한 국수물을 손바닥에 올려놓고 벌레 소리에 귀 기울이는 긴 밤이 찾아온다.

그렇기 때문에 여름의 '후룩후룩'은 이때다 하면서 신나게 즐기고 싶다.

찜 요리의 달인이 되고 싶다

아침부터 큰 찜통이 슉슉 기운 좋게 하얀 증기를 내뿜고 있다.

"엇, 아침부터 찜 요리인가요."

당신은 질린다는 듯 꼭 이렇게 말한다.

아침밥은 뭐예요, 라고 물어서 거짓말하지 않고 답했을 뿐인데.

나도 분발한다.

"브로콜리와 콜리플라워를 잘라서 찜통에 넣기만 하면 돼요. 살짝 쪄서 올리브오일을 뿌리고 소금 치고, 그게 다예요."

시큰둥하던 당신은 갑자기 눈을 반짝인다.

"어머, 왠지 맛있을 거 같아요."

여기서 세게 밀어붙인다.

"그리고 그거 찔 때 달걀찜도 같이 만들어요. 다른 건 필요 없고, 달걀만 큰 사발에 넣어서 찌는 완전 심플한 요리예요. 뜨기운 게 목을 타고 미끄러져 내려가면 아침부터 행복해져요."

"그거 먹고 싶네요~"

그러니까 찜통 하나만 있으면 된다. 멀어져 있던 거리만큼 한 번에 확 끌려오긴 했지만, 그래도 당신은 단정 짓는다.

"무리예요. 분명 못할 거예요 전. 귀찮아서요."

뭐, 그것도 그럴 수 있다. 이런 내게도 한번은 찜통을 버렸던 아픈 과거가 있다. 그랬던 주제에 요즘은 찜통과 운명이라도 함께할 기세다.

"그건 또 어쩌다가?"

좋아요, 물어봐 주시니 말씀 드리자면…….

찜통은 고사하고 '찐다'는 게 일일이 귀찮아서 할 게 못된다. 그 시절은 그렇게 굳게 믿었다. 도구가 필요하다. 장소를 차지한다. 시간도 걸린다. 게다가 보이지 않는 곳에서 요리가 진행되기 때문에 조금 답답하다. 우선 고기만두를 찐다면 전자레인지가 훨씬 간편하다……. 그게 당시의 내 지론이었다. 사실 주방에 잘 보관하고 있는 대나무로 만든 작은 찜통은 직경 18센티미터, 가구라자카神楽坂 '고주반五十番'의 고기만두라면 한 개만 넣어도 꽉 찬다. 그러니 몇 개라도 한꺼번에 데울 수 있는 전자레인지가 손쉬울 수밖에 없다. 그런 이유로 이사하는 날, 나는 몰래 찜통을 쓰레기봉투에 넣어 강제적으로 작별을 고했다.

그 후로 세월이 흘렀다. 이별 후 지극히 평온한 날을 보내고 있었는데, 여유롭게 주방 일을 하고 싶어서 익숙한 전자레인지를 처분한 겨울의 어느 날. 호지차를 마시면서 방금 역 앞에서 사 온 막 쪄 낸 술찐빵을 덥석 물었다.

그리고는 생각지도 못했던 충동이 솟구쳤다.

찐 맛이란 것은, 이렇게 탄력 있고 뜨겁고 농후했단 말인가. 막 쪄 낸 감자. 옛날에 한창 찜통으로 쪄 먹던 중국식 연잎밥, 달걀찜도, 슈마이도, 찐빵도, 다양한 맛이 혀 위에서 부활했다.

그렇다. 수년간 나는 '찐다'는 것을 망각의 영역으로 밀어 넣었었다. 혹은 잊어버린 척을 하고 있었다. 닫혀 있던 문이 열렸다.

"찜 요리는 시간 판단이 승부처입니다."

다시 찜통 주변을 머뭇머뭇 맴돌고 있는 나에게 기운을 불어넣어 준 것은 어느 유명 중국집 요리사였다.

"제일 긴장하는 건 사실 제일 간단해 보이는 요리, 즉 생선 한 마리를 통째로 찔 때입니다."

예를 들자면 칭정위清蒸魚●. 홍콩의 해산물 레스토랑에 가면 반드시 주문하는 그 간단한 생선찜 요리는 사실은 숙련된 기술의 집합체라고 한다.

"딱 십 몇 초만 어긋나도 맛은 확 변해 버립니다. 생선 지방을 살려 내느냐 죽이느냐도 찌는 시간에 달렸죠."

어쨌든 내부 온도를 일정하게 유지해야 하니 절대 중간에 뚜껑을 열어서는 안 된다. 한번 열어 버리면 온도는 급격히 떨어져 다시 올라갈 때까지 불필요한 시간이 소요된다. 그렇다고 미

● 칭정위 | 깔끔하게 쪄 낸 생선찜.

적대다 너무 오래 쪄 버리면 그야말로 끝이다. 기름은 빠지고 살은 부서지고, 살짝 있는 단맛도 날아가 퍼석퍼석해진다. 그래서 생선은 기름이 잘 빠지지 않는 벤자리, 쏨뱅이, 홍살치, 조기가 적합하다. 수증기를 계속 잘 돌게 하기 위해 생선 아래에 길게 썬 파를 몇 줄 깔기도 한다.

"불에서 내려 손님에게 내가는 동안에도 파에는 열기가 남아 있으니까요. 그 시간도 계산해서 찜통에서 내려야 합니다."

원래 '찐다'는 것은 증기의 힘으로 가열하는 조리법, 이토록 섬세한 작업일 줄이야! 여러 층의 찜통를 겹쳐 대강 손님에게 내가는 얌차●의 풍경과 온 신경을 집중해서 쪄 낸 요리 한 접시의 사이에는 사실 이렇게나 큰 차이가 있었던 것이다.

그런데도 내가 기가 꺾이지 않았던 데는 이유가 있었다. 그날 이 요리사가 만들어 준 것이 공교롭게도 내가 엄청 좋아하는 음식이었기 때문이다.

그 요리는 바로 '함위존려핀鹹魚蒸肉餅'. 다진 돼지고기에 숙성 발효시킨 생선을 풀어 섞어 접시에 얇게 편 후 찜통에서 찐 광둥 지방의 가정 요리다. 강한 향기를 피우는(어떤 사람들은 "독해!"라며 얼굴을 찌푸린다) 이 요리가 나에게는 홍콩 가는 즐거움 중 하나다. 너무 좋아해서 한때 이 '냄새 나는' 요리를 우리 집 부엌에서도 사흘에 한 번은 계속 만들었다.

삶아도 안 된다. 볶아도 구워도 안 된다. 다른 조리법으로는

● 얌차 | '차를 마시며 음식을 먹는다'는 뜻으로, 주로 딤섬 등의 기름진 음식을 수시로 차로 입을 가셔 가며 먹는 것을 말한다.

어떻게 해도 그렇게 진한 육즙이 살아 있는 맛을 낼 수가 없다. 복잡한 맛을 접시 위에 그대로 농축시키려면 결국 찌는 방법밖에 없다.

그렇다. 찌지 않으면 만들어지지 않고 맛볼 수도 없는 어떤 맛이 확실히 존재한다.

재회의 기쁨에 흥분해 나는 찜통의 품으로 뛰어들었다. 새로 산 직경 30센티미터의 대나무 찜통이다. 그 크기는 찜 요리에 사용하고픈 큰 접시와 사발이 딱 들어가는 사이즈라 선택했다. 찜통 고르기도 두 번째 도전이니 배운 걸 써먹지 않으면 안 된다. 생선 한 마리를 통째로. 딱 하고 달걀찜을. 뭐든 큰 접시 그대로 찜통에 넣을 수 있고 꺼내서 그대로 식탁에 놓을 수 있다. 연잎을 깔면 여유롭게 3인분의 중국식 연잎밥을 만들 수 있고, '고주반'의 특대 고기만두도 세 개는 들어간다.

난 지혜를 더욱 짜 모았다. 좋아, 30센티미터의 찜통을 올릴 전용 냄비도 사자. 또다시 찬장에 처박히면 도로 아미타불이다. 결국 꺼내는 것도 넣어 두는 것도 귀찮아진다. 똑같은 실패를 반복하고 싶지는 않다는 이유로 내가 선택한 것은 직경 36센티미터 크기의 큰 중화 냄비였다. 이거면 뜨거운 물도 충분히 들어가니까 100도의 열탕을 늘 확보할 수 있다. 이 두 개를 한 세트로 항상 준비해 둔다. 새로운 출발은 이것들과 함께하자.

이리하여 화려하게 부활한 찜통. 그다음부터는.

내가 제일 먼저 빠져든 건 찐 야채였다. 그저 야채를 껍질째 크게 썰어 강한 불로 쪄 내는 것뿐이었다.

올리브오일과 소금이 끌어낸 깊은 맛이 오독오독 씹을수록 확 우러나온다. 야채의 개성도 확실히 도드라져 살아 있다고나 할까. 당근은 당근의, 호박은 호박의, 브로콜리는 브로콜리의, 즉 각각의 맛과 식감이 미각을 살아나게 한다.

"어쩐지 고기를 먹고 있는 거 같아."

배고픈 채 돌아온 남편이 중얼거렸다. 과연 그렇게 말할 수도 있겠구나. 야채지만 안쪽에 묵직한 중량감을 동반한 농후한 맛은 이미 식탁의 주연급이다. 고기도 생선도 식탁에 오르지 않지만 부족함 따위는 없다.

거기에는 분명한 이유가 있다.

야채를 삶는다고 하자. 그러면 식물의 세포를 잇는 펙틴이 손상돼 형태가 무너진다. 하지만 빨리 쪄 내면 펙틴은 손상되지 않고 식감도 맛도 그대로 남는다. 게다가 푸른 야채를 삶으면 거의 모든 비타민이 유출돼 없어지지만, 찌면 그 반 정도만 없어진다. 영양소도 빠져나가지 않는다. 향도 빠져나가지 않는다. 그래서 이것저것 쓸데없는 양념 따위 할 필요 없다. 게다가 편리한 점은 다른 식재료를 동시에 쪄도 서로 냄새가 배지 않는다. 좋은 점투성이다. 마치 찜통의 하얀 수증기가 맛의 핵심을 선명하게 부각시키고 있는 듯한…….

대초원을 지나는 바람에 날카로운 냉기가 섞이기 시작한 가을. 나는 몽골에 있었다. 가도 가도 저 멀리 보이는 지평선. 아침에 일어나면 양손에 통을 들고 작은 시내에 물을 길으러 가고, 점심에는 말을 타고 달리며 소를 몰고, 밤에는 촛불 아래서 책장을 넘긴다. 그런 일상에서 게르의 주인 반바 씨의 아내가 식사를 준비할 때 돕는 것도 내 일이었다.

"오늘 밤은 '검은 수프'입니다."

그녀는 굴뚝 아래에서 냄비에 물을 끓이고 얇게 자른 양고기를 넣어 끊임없이 젓는다. 점차 고기에서 진한 물이 나오기 시작한다. 그것을 정성스럽게 저어 주면 국물은 점점 진한 색이 되고, 그걸 보며 나는 '검은 수프'란 이름의 의미를 완전히 이해하게 됐다.

"이 색깔이 되지 않으면, 양의 맛이 국물에 제대로 배어 나오지 않았다는 겁니다."

뜨거운 덮밥을 먹으며 나는 게르의 위쪽 창 너머 별을 바라보고 '탁한 국물'이란 것을 생각한다.

고기도 야채도 고면 탁한 국물이 나온다. 그것을 제대로 잘 건져 걸러 내면 '깨끗한 맛'이 된다. 이것이 일본인의 일식 이론이다. 그렇다고는 해도 확실히 이 '검은 수프'에서 탁한 국물을 다 걸러 버리면 풍미가 너무 연해진다.

탁한 국물도 귀한 맛의 하나, 진미의 하나.

"네, 저도 그렇게 생각합니다."

여기는 긴자의 서쪽에 있는 서긴자 5번 가. '지소솟타쿠馳走啐啄'의 주인 니시쓰카 시게미쓰西塚茂光 씨가 말한다.

"재료에는 본래 탁한 국물이란 없다고 생각합니다. 야채에도 생선에도 건강하게 키운 천연 재료는 맛이 투명합니다. 오히려 사람의 손을 거치면 거칠수록 탁해지는 것 아닐까, 그렇게 생각해요."

그러니까 그냥 찌기만 하면 탁한 국물이 나올 여지조차 없다. 필요한 건 어느 것도 밖으로 새 나가지 않는다. 그런 거 아닌가요?

"네. 데치거나 끓이거나 볶는 것은 재료에 조리 기술을 더하면서 한 그릇의 요리를 완성하는 과정입니다. 그런데 '찐다'는 것은."

제철 맛을 추구해 온 요리인은 이렇게 말을 잇는다.

"다 찐 시점에서 맛은 이미 완성됩니다."

겨울철 에비이모えびいも●를 찌기만 했을 때의 그 단맛은 무엇과도 바꿀 수 없습니다. 사실은 껍질조차도 까고 싶지 않아요. 니시쓰카 씨는 이렇게 말하며 눈을 가늘게 떴다.

손을 대면 바로 화상을 입을 100도의 수증기. 그 거칠고 하얀 열기가 가득 피어오르는 밀실 안, 에비이모는 굳어 있던 다리를 하나하나 부드럽게 풀며 호흡을 시작한다. 아무것도 잃어버리지 않는다. 아무것도 더해지지 않는다. 단지 촉촉하고 탱탱하게 증기로 충분히 익은 그 순간 윤기 있는 진주의 광택이 넘쳐난다. 이것이야말로 에비이모의 진미다.

니시쓰카 씨는 다음 말을 잇는다.

"생선도 마찬가지입니다. 쪄 낸 생선은 뼈와 껍질에서 충분히

● 에비이모 | 토란의 일본 품종 중 하나. 새우(에비)를 닮은 모양이라 에비이모라 불린다.

맛이 배어 나옵니다. 그건 정말 환상적으로 맛있어요."

'찜'을 피하지 말 것. 일단 수문이 열리면 바닷물, 강물 가릴 것 없이 힘차게 흘러 들어온다.

단단히 빈틈없이 조여져 증기를 놓치지 않는 대나무 찜통은 강도와 밀폐도에선 과연 감탄하게 되지만, 더 간단하게 '찌는 생활'을 즐길 방법은 얼마든지 있다. 왜냐하면 식탁에서 찐 음식을 뺄 수 없는 광둥 지방에도 찜통 없는 부엌은 적지 않다. 그러면 어떻게 해야 할까. 물을 담은 냄비에 대나무를 교차시켜 우물 정井 자로 놓아 자리를 만들고 거기에 접시를 올린다. (이런 게 지혜겠죠?) 사발을 거꾸로 엎어 냄비 안에 놓고, 거기에 접시를 올리는 사람도 있다. 가지고 있는 도구들로 훌륭한 찜통을 완성한다.

이런 걸로 괜찮아? 좋습니다. 형태로부터 시작하는 방법도 있지만 실리를 취하는 방법도 있다. 그런 쪽이 제 취향이니까요.

푹 찐 고기는 안쪽부터 말랑하게 섬유가 풀린다. 두껍게 썬 소 정강이살이라면 머스터드, 돼지고기라면 배추김치 같은 것을 곁들인다. 생선 한 마리는 크게 썬 대파 위에 올리고, 생강 한 조각. 뚜껑을 여는 절묘한 타이밍도 어찌어찌 터득했고, 쪄 내자마자 참기름과 간장을 살짝……. 찌는 시간에도 점차 익숙해진다.

계속 열려 있던 수문으로 3개월 전 어느 날 낯선 독일 국적의 배가 한 척 난입했다. 그 이름은 '크리스피 커버'. 위쪽에 동그란 구멍이 뚫려 있고 희한한 고깔모자 모양의 내열 유리로 된

뚜껑이다. 설명서에 따르면,

'저온으로 구우며 수분이 날아가는 것을 막아 영양 손실과 과도한 수분 증발이 없습니다.' '겉은 바싹, 안은 촉촉.'

온몸에 짜릿하게 전류가 흘렀다. 이것은 '찜통계의 이단아'다. 떨리는 손으로 9,500엔짜리 독일 함선의 줄을 끌어당긴 것은 말할 것도 없다.

결론부터 말한다. 굉장했다.

프라이팬을 불에 올리고 달걀을 탁. 고깔모자를 씌우면 치익 하는 기세 좋은 소리와 함께 내열 유리의 안쪽이 수증기로 흐려진다. 꼭대기 구멍에서 후욱 하고 열기가 빠져나가는 장면을 보며 연신 감탄한다.

'이건 증기의 삼각 돔이야.'

다 구운 달걀프라이를 입안 가득 넣으니 증기의 힘으로 끌어낸 달걀의 진한 맛이 가득하다. 바싹. 폭신. 달걀프라이의 맛을 쑥 끌어올렸다. 설명서에 쓰인 대로 감자볶음, 베이컨, 스테이크, 전부 바싹하면서도 폭신하다. 도구의 완벽한 승리다.

거참, 이렇게 찌는 방법도 있었나. 수증기뿐 아니라 구우면서 재료 자체의 수분을 역이용하는 초절정 기교에 감탄하다가 무언가와 비슷하다는 생각에 이르렀다. 사실은 이거, 모로코를 비롯한 북아프리카에서 사용하는 고깔모자 뚜껑이 달린 토기 '타진tajine'의 원리를 응용한 물건이지 않은가. 독일 어딘가의 누군가가 고깔모자 같은 삼각 돔을 씌워 고기와 야채를 부드럽게 찌는 그 '타진' 냄비에 주목한 것이다.

중국 4,000년의 역사인가 뭔가에 정신을 빼앗겨 대나무 찜통에만 감탄하고 있을 때가 아니었다.

"와, 맛있었어."

주말에 이즈伊豆의 료칸에 묵으러 갔었다는 사이토 씨가 감개무량한 표정으로 기뻐한다. 맛있는 음식 삼매경이란 게 이런 거였다며.

"달라요 달라. 저 감동했다니까요. 삶고, 굽고, 튀기고, 날 거, 찐 거, 하나하나 전부 다른 조리법으로 나와요."

그는 말한다. 뜨거움, 식감, 색채 모두 실로 다양해요. 이것만으로도 이미 크게 감동적인데요. 그렇게 칭찬하자 여주인이 "일본 요리의 묘미는 오미오색오법五味五色五法●이니까요." 역시 제법이구나, 일본 요리란.

이런 이야기를 들으며 나는 나 자신을 돌아본다. 왜냐하면 이때는 뭐든 일단 찌고 봤으니까. 나도 모르게 찜기에만 몰두하고 있었다. 그렇습니다. 삶고, 굽고, 튀기고, 찌고. 열을 가하지 않는 신선함 속에서도 맛의 재미는 또렷하게 윤곽을 드러낸다. 그런데 오로지 '찜' 한 길만 걸어서야…….

그러면서도 서둘러 생각을 고쳐먹는다. 탐닉하지 않았으면 이 정도로 찌는 기쁨을 맛볼 수 없었을 것이다. 왜냐하면 정작 나 자신이

"찌는 건 귀찮아요."

● 오미오색오법 | 오미는 단맛, 매운맛, 신맛, 쓴맛, 짠맛. 오색은 빨강, 파랑, 노랑, 하양, 검정. 오법은 날것, 끓이기, 굽기, 튀기기, 삶기.

'찜 도구' 나라마다 제각각

광둥 지방의 찜구. 네 개의 대나무를 우물 정(井) 자로 짠 '숀가(蒸架)'. 중화 냄비 바닥에 걸쳐 토대를 만든다.

'판가(飯架)'도 광둥 지방에서 쓴다. 밥을 할 때 쌀 속에 집어넣고 위에 접시를 올려 동시에 찌는 구조.

독일에서 만들어진 '크리스피 커버'는 내열 유리로 증기를 가둬 찌면서 굽는 것을 실현.

이즈모(出雲) 지방의 독특한 찜기 '만주무시(饅頭蒸し)'. 아래 부분에 구멍이 있어 증기를 넣어 만두를 찐다.

대나뭇잎도 훌륭한 찜 도구. 적당히 습기를 빼 줘 재료가 물에 푹 젖지 않는다.

도구가 전혀 없어도 걱정할 필요 없다. 사발을 이렇게 거꾸로 엎고 접시를 올리면 간단한 찜기가 된다.

시큰둥한 쪽에 서 있었으니까.

그러니 산 넘고 물 건너 긴 세월을 지나도 사랑하는 찜통은 언제 어디서든 돌아보면 바로 그곳에 있을 것이다. 부엌 냉장고 위에 놓인 채로. 그래서 꺼내기 쉽고, 놓기 쉽고, 자리도 차지하지 않는다. 게다가 금방 마르고 손질도 간단하고…….

길고 긴 스토리를 다 듣고 당신은 한숨 쉬며 속삭인다.

"간신히 운명의 재회를 했다는 이야기군요."

네, 맞습니다. 오미오색오법 중 이제 겨우 하나의 문을 열었을 뿐이지만요.

숯불을 피우다

초겨울 찬바람이 뺨을 에는 해 질 녘, 휭 하고 앞서 달려가는 바람을 배웅하며 몽상에 잠길 때가 있다.

다음 골목 모퉁이를 돌면 누군가가 낙엽을 태우고 있지 않을까. 대빗자루로 은행나무, 단풍나무, 감나무의 낙엽을 쓸어 모아 길가에 작은 산처럼 쌓아서 안쪽부터 하얀 연기가 솔솔 피어오르게. 그러면 지나는 길에 손을 쬐고 싶은데.

겨울, 어릴 때는 주변에 불이 많았다. 하굣길에 낙엽 태우는 불 근처에서 어슬렁거리기를 좋아했다. 여기저기 집들의 뒤편을 돌면 처마 밑에 연탄이나 장작이 쌓여 있었다. 서리가 내린 아침의 화로는 어깨를 움츠릴 정도로 차갑지만, 숯불을 피우면 화로 전체에 차분하게 온기가 퍼져 나가고, 그 온기가 피부에 닿는 게 좋았다.

하지만 깨닫고 보니 어느새 멀어져 있었다. 아파트에 사는 사람에게 낙엽 태우기는 사치스러운 바람이다. 야외 활동하는 취미가 없어 강이나 바다 주변에서 모닥불을 피울 기회도 없었고, 캠프파이어와도 인연이 거의 없었다. 겨우 촛불을 켜려고 성냥을 그을 때 정도다.

움츠러든 채 문득 주위를 둘러보니 집 안 여기저기에 숯이 굴러다니고 있다. 신발장 속 숯은 놀라운 탈취제다. 꽂꽂이한 꽃병에 넣어 두면 여름에도 물이 썩지 않는다. 이리저리 숯을 사용하면서, 어라, 생각해 보니 그 좋아하는 숯으로 불을 피운 적은 없네…….

흙풍로(시치린, 七輪)● 를 샀다. 봄이 끝날 즈음의 이야기다.

흙풍로는 쇼와시대 초기에는 골목 안 어느 집이든 처마 밑에 널려 있었다. 시치린이란 이름의 유래는 '단 7린厘● 어치의 숯으로 취사가 가능하기 때문'이란 것과 '안쪽에 일곱 개의 구멍이 뚫려 있기 때문'이란 이야기가 있다. 전전은 물론이고 전후의 분주한 시대에도 때가 되면 거의 모든 집 처마 끝에서 연탄이나 숯을 피운 흙풍로가 연기를 피워 올렸다. 거기에 생선을 구웠다. 콩을 부글부글 삶았다. 김을 구웠다. 냄비를 놓고 조림을 했다. 흙풍로는 야외에서 자유롭게 취사가 가능하고 휴대가 간편한 생활필수품이었던 것이다. 그런데 전기와 가스가 보급되

● 흙풍로 | 숯을 넣고 위에 석쇠 등을 놓아 음식을 구워 먹는 흙으로 만든 도구.
● 린 | 일본의 옛날 화폐 단위, 1엔의 1000분의 1.

면서 자리를 잃어 지금은 캠프 장비의 하나로만 겨우 그 명맥을 유지하고 있다, 그것이 현재 흙풍로의 운명이다.

그럼 어떤 흙풍로를 고를까. 전기도 가스도 있는 시대에 태어났기 때문에 흙풍로로 취사 생활을 한 적이 없다. 나가이 가후永井荷風● 씨가 애용했을 것 같은 전통적인 흙풍로로 하고 싶었지만 사실은 진작부터 마음에 드는 게 있었다. 그것은 수년 전 노토能登 스즈珠洲 지역에 여행 갔을 때 봤던 규조토로 만든 풍로다.

규조토는 식물성 플랑크톤의 퇴적물로, 점토와 화산재, 유기물 등이 섞여 오랜 세월 동안 천천히 만들어진, 말하자면 대자연의 선물이다. 무엇보다 낭만적이다. 그리고 실제로 들어 보니 맥 빠질 정도로 가볍다. 게다가 단열성도 내열성도 뛰어난 데다 규조토 자체가 원적외선을 방출하는 효과도 있다고 들었다. 사용하기 좋은지 내 손으로 시험해 보고 싶다. 꼭 써 보고 싶다. 그래서 망설이지 않고 '결정!'했다.

다음 장애물은 숯이다. 때때로 귀갓길 버스에서 창문으로 숯 가게를 본 적이 있지만, 손님이 적은 탓인지 가게는 좀처럼 문을 열지 않는다. 일주일을 착실히 기다렸지만 가게 문이 열릴 기미가 없어 참지 못하고 시내 잡화점으로 뛰어가 처음 집어 든 것이 비닐봉지에 담긴 흑탄이다. 저렴함 폭발, 500그램에 500엔.

"숯은 평범한 흑탄으로 충분해요. 그것을 숯 피우는 기구에 넣어 부엌 가스레인지에 올려 불을 붙이면 수고스럽지 않고 간

● 나가이 가후 | 1879~1959. 소설가. 《지옥의 꽃》, 《꿈의 여자》 등을 썼다.

단해요."

그렇게 알려 준 것은 주말마다 흙풍로로 고기 파티를 한다는 선배 지구사 씨다. 아파트 8층 베란다에 흙풍로를 내놓고 한 손에는 부채, 한 손에는 캔맥주를 들고 남편과 둘이 밤마다 '숯불 피우기'에 힘쓰고 있다고 한다.

"불이 붙은 숯을 그대로 흙풍로로 옮기면 불필요한 그을음이나 연기도 전혀 없어. 그래도 휴대용 버너를 쓰는 건 안 돼. 부탄가스를 끼운 버너로 숯에 불을 붙이는 사람도 있는데 그건 정말 위험해. 숯의 높은 온도 때문에 부탄가스가 폭발하거든."

다행이다. 휴대용 버너를 사용할 뻔했는데. 그렇구나, 부엌 가스불을 이용하면 되는 거구나.

구입한 흑탄을 불붙이는 기구에 넣고 부엌 가스레인지에 올렸는데 1분 후.

'파직파직, 파지지직'

큰 소리가 나면서 숯이 일제히 폭발하기 시작했다. 요란한 소리를 내며 숯의 파편이 튀는 그 광경은 축제의 밤에 빛나는 나이아가라 폭포.

나는 부엌 밖에서 목을 움츠리고 몸을 숨긴 상태에서 얼굴만 쏙 내밀어 참혹한 현장을 조심조심 들여다보았다.

"그거, 분명 중국산 흑탄일 거예요."

에비스역 바로 근처, 숯 전문 도매점을 경영하는 시라토리 고이치白鳥浩一 씨의 첫 마디였다.

시라도리 씨는 연료 도매 전문집 '시라토리'를 삼대째 잇고 있다. 예전 에비스역은 화물열차의 종착점으로, 일본 전국에서 물자가 모이는 거점 중 하나였다. 지금의 에비스는 완전히 세련된 지역으로 탈바꿈했지만 그 옛날에는 도쿄에서도 이름난 도매상 거리였다. 무엇보다 쇼와시대 초기에는 숯을 취급하는 가게가 100군데 넘었지만 현재는 여기 한 곳이다. '시라토리'는 도쿄 숯의 역사와 함께해 왔다.

"중국산 숯 중에는 숯 만드는 데 익숙지 않은 농가에서 갑자기 가마를 만들어 구운 조악한 숯도 많습니다. 중국에서는 숯 업자들이 일본 수출용 숯 제조를 위해 나무를 마구 베어 환경문제를 일으키는 바람에 지금은 수출이 전면 금지됐습니다. 또 일본에서도 공급 불안 때문에 창고에 재어 두어 습기가 차는 등 보관에 문제가 생기고요. 그런 숯은 '튀어 오르며 폭발'합니다. 터지는 거죠."

싼 숯 사셨죠? 그렇게 지적당한 거 같아 얼굴이 빨개진다. 정확히 맞추긴 했지만.

"아니, 무조건 중국산이 나쁘다는 건 아닙니다. 품질은 꽤 좋아지고 있지만, 예를 들어 오가탄オガ炭● 원료로 접착제가 붙은 건축 자재 자투리가 사용되는 경우도 있어요. 그런 건 불을 붙이면 비소가 나와 위험합니다."

어라라…… 가벼운 마음으로 숯과 놀아 보자 싶었는데 중국의 자연환경문제나 일본의 수입자재 취급 문제나 공해 문제, 나

● 오가탄 | 나무를 벨 때 나오는 톱밥을 압축 가열 성형해 만든 장작을 주원료로 한 숯.

도 모르게 큰일이 되어 버렸다. 숯 하나도 마음 놓고 쓸 수 없는 시대인 것이다. 그렇다고는 해도 요즘 이자카야에서도 이탈리아 레스토랑에서도 '숯불구이'가 대유행, 숯이 컴백할 조짐을 보이고 있는 건 아닐까.

"그게…… '기슈 비장탄紀州備長炭•'이라고 쓴 간판만 팔라고 요구하는 사람들도 함께 늘어났습니다.(웃음) 2만 엔이든 3만 엔이든 내겠다고. 아니, 물론 팔 수 없습니다만."

맙소사. 하물며 간판이 거짓이라니. 안쪽 주방에서는 몰래 오가탄인지 뭔지를 사용하면서 밖에는 사기를 쳐 '기슈 비장탄 사용'이라고 표시. 이런 경우는 일일이 열거하기도 힘들 정도라 하니 기가 막힌다. 그런데 잠깐 머리를 식히고 생각해 본다. 간판의 '기슈 비장탄'이란 글자를 흘끗 보면서 뿌듯하게 꼬치구이를 볼 가득 넣어 씹고 있는 이쪽의 사고방식에도 제멋대로인 데가 있다. 결국 약점을 들켜 버린 것이다.

새빨갛게 불붙은 숯은 왜 그리 아름다운 걸까. 그저 아름다울 뿐만 아니라 가만히 보고 있으면 마치 영혼이 쏙 끌려 들어갈 것 같은 위험을 품고 있다. 600~700도를 훌쩍 넘는 열기인데, 무심코 손가락을 뻗어 만질 것 같은 내 자신이 무섭다.

더욱이 부엌 가스레인지에서 숯을 피울 때마다 살짝 겁이 난다. 스위치 하나, 강약도 가볍게 조절할 수 있는 가스불과는 매

• 기슈 비장탄 | 기슈 지방에서 생산되는 비장탄. 비장탄은 졸가시나무를 사용해 만든 숯으로 백탄의 최고급품이다.

우 다르다. 일단 피워진 숯불은 사납다. 온화하고 새까만 숯에 빨간색이 퍼지면 순식간에 볼이 달아오르고, 거친 열기가 주변을 사납게 휘어잡는다. 나는 익숙했던 내 부엌이 숯불로 인해 전혀 다른 세계의 문을 열게 된 것에 동요한다. 하지만 불 피우기의 출발선에서 주춤거려서는 시작할 수 없다. 숯에 6할 정도 불이 붙었을 때 부지깽이로 떨어뜨리지 않도록 혼신의 힘을 다해 꽉 집어서 옆에 놓인 흙풍로로 옮긴다.

다만, 이때 방심하면 안 된다. 밖에 흙풍로를 내놓은 후에는 곧바로 활짝 열린 바람구멍으로 부채질을 해서 바람을 보낸다. 숯에 화락 빨간 단풍색 물이 든다. 손을 쉬지 않고 파닥파닥. 살짝 따뜻했던 흙풍로가 열을 내뿜기 시작하고, 손을 쬐어 보면 제대로 뜨겁다. 바람 방향으로 구멍을 돌려놓고, 자 이걸로 모든 준비는 끝났다.

흙풍로 안에서 단풍잎 색깔로 반짝이고 있는 것은 흑탄과 비장탄 두 종류다. 흑탄과 비장탄을 비교하자면 흑탄은 불이 잘 붙는데 오래가지 않는다. 비장탄은 불붙이기 힘들지만 오랜 시간 일정하게 높은 온도를 유지한다.

"그래서 양쪽의 특징을 잘 살려 조합하면 좋습니다."

숯의 장인 시라토리 씨의 조언은 명쾌하다.

"화력이 강한 비장탄이 오히려 부채 하나로 불 상태를 조절하기 쉽습니다."

과연 그렇구나. 비장탄에 바람을 보내면 곧바로 빨간 불이 붙는다. 부채질 하나로 단번에 천도 가까이 올라가는 비장탄의 실력을 나는 피부로 배운다.

불을 직접 피우면 뿌듯해지며 재미가 있다. 5년 전에 목격한 작은 신문 기사가 떠오른다. 도호쿠 지방의 모 비즈니스호텔에서 한밤중에 여고생이 흙풍로로 꼬치구이를 해 먹으려다가 연기 때문에 화재경보기가 울린 작은 소동이……. 와, 웃었다. 그 마음 잘 안다. 해 보고 싶었고, 먹어 보고 싶었던 것이다. 흙풍로로 구운 꼬치구이를. 석쇠 위에 고기든 생선이든 탁 올리는 순간, 치익 하는 소리가 나고 고소한 냄새가 순식간에 퍼지는 순간 이성을 잃는다.

숯불은 숨겨져 있던 야성을 흔들어 깨운다.

피망, 호박, 붉은 양상추, 양파, 새송이버섯, 표고버섯, 대파……. 시작은 언제나 야채부터다. 여름이라면 여주와 만간시万願寺 고추[●]다. 기다리다 참지 못하고 덥석 베어 물면 혀를 델 듯한 뜨거움의 저 멀리서 야채의 섬세한 맛이 흘러나와 달달하다. 놀라기엔 아직 이르다. 건어물을 구워도, 고기를 구워도, 부엌 가스불로 구운 맛과는 많이 달라서 놀란다. 불 하나로 맛이 이토록 달라지는 건가.

숯불로 구우면 장어든 꼬치구이든 더 맛있다는 걸 잘 안다고 생각했다. 숯불로 구우면 금세 열이 전달돼 단백질이 야채 섬유에 꽉 달라붙으며 지방과 수분을 그대로 가둬 맛이 달아나지 않는다. 원적외선 효과는 가스불의 세 배라고 한다. 직접 피운 숯

● 민간시 고추 | 교토의 특산 고추. 크기가 크고 씨가 적으며 단맛이 나는 게 특징.

불인데도 '정말일까' 의심해 보지만, 실제로 야채도 생선도 고기도 겉은 바싹 익어 고소한 냄새가 나고 씹으면 부드럽고 폭신하다. 보통 때보다 맛이 깊고 풍부하다.

'단지 숯으로 구웠을 뿐인데 왜 이렇게 맛있는 거지.'

그건요, 숯불이 스스로 하는 말을 귀 기울여 들으면 저절로 알 수 있다.

숯불은 그저 팍팍 굽기만 하는 게 아니다. 강한 화력이 '간접적으로 공기에 전달되어' 식재료를 굽는, 즉 복사열이 큰 역할을 한다. 거기에 더해 열이 전달된 공기가 위로, 위로 상승하며 움직여 만들어지는 대류열도 함께 일어난다. 즉, 이런 것이다. 숯불은 복사열과 대류열을 일으켜 자연의 뜨거운 공기로 굽는다.(참고로 프라이팬으로 구울 때는 열이 식재료에 직접 전달되는 전도열로 굽는다.)

숯불은 불로 굽는 게 아닌 '공기로 굽는' 것이다. 그래서 센불이면서 원거리의 불이 중요하다. 흙풍로 안에 복사열과 대류열이 듬뿍 만들어지고, 거기에 원적외선 효과가 제대로 더해진다. 그렇기 때문에 부드러우면서도 바삭.

숯불을 골고루 잘 피우면 누구라도 '흙풍로 달인'의 길을 걸을 수 있다.

흙풍로가 생긴 후 내 생활은 생각지도 못하게 변했다. 숯과 흙풍로를 산 후 거실 옆 작은 베란다에 '흙풍로 방'이란 이름을 붙였다.

모든 존재의 끝은 조용히 시작된다.

그토록 맹렬히 피어오르던 숯불도 때가 되면 급속히 식어 천천히 그 끝을 맞이한다. 푸스슥 푸스슥 쓸 곳 없는 하얀 재로 바뀌며 흙풍로 속에서 떨리는 숯의 마지막 모습은, 일 하나가 끝났다는 안도감보다는 흔적도 없이 사라지기 직전의 애석함이 느껴져 가슴 아프다.

바로 조금 전까지 그렇게 즐거웠으면서. 가슴이 두근두근 설렜으면서. 그리고는 이제 와서 눈앞에 파편 하나 남기지 않고 전부 재로 돌아가 버렸다. 불이 꺼진 후 남은 하얀 재는 끝의 여운이다.

창밖에서 마른 잎이 겨울 볕을 쬐며 가지에 매달려 있다. 별일 없는 평일 낮, 잠깐의 여유 시간에 문득 생각나 작은 숯을 피우고 낡은 화로에 잠시 손을 쬐어 본다.

함께여도 혼자여도

오늘은 아무것도 먹고 싶지 않아

찬밥이 밥솥 안에서 딱딱하게 굳어 있다.

들어 올린 뚜껑을 그대로 들고 가만히 쳐다본다. '에휴, 굳었구나.' 그다음 감정이 얼굴을 내밀기를 잠깐 기다려 보지만 아무것도 떠오르지 않아 그냥 뚜껑을 닫는다. 철컥. 부엌에 차가운 금속음이 퍼져 나간다.

먹고 싶지 않은 것이다. 아무것도. 아니 그럴 리가 없지. 배는 꺼졌을 텐데. 생각을 고쳐먹고 냉장고 앞에 다시 서서 냉장고 문을 열어 안을 가만히 들여다본다. 낫토. 소고기조림. 달걀. 굵은 소시지. 곤약. 연어알 간장절임. 블루베리잼. 감자샐러드. 돼지삼겹살 100그램.

바로 눈앞에 있는데도 먼 풍경처럼 느껴진다. 낫토도 소고기조림도 연어알 간장절임도 따뜻한 밥과 같이 먹고 싶다. 오믈렛을 만드는 것도 소시지를 삶는 것도 귀찮고, 일단 냄비를 불에 올리는 것부터 싫다. 정말 별일 아니지만 그 별일 아닌 것도 하기 싫다. 그렇다고 차가운 감자샐러드를 목구멍으로 넘기는 건 상상만 해도 등골이 서늘해진다. 결국 만들어 둔 소고기조림을 손가락으로 두 번 집어 먹고 냉장고에 다시 넣는다. 푸각, 탁. 공기를 밀어내는 소리를 낸 후 냉장고는 그저 조용한 네모난 상자가 된다.

식욕이 생기지 않을 때가 있다. 부엌에 들어가고 싶지 않다. 당연히 장 보러 나갈 의욕도 없다. 방바닥에 딱 붙어 그대로 겨울잠을 자고 싶다.

가끔 그런 날이 있다. 특별히 몸 상태가 나쁘지 않은데도 나사 한두 개가 느슨해졌는지 사라져 버렸는지 톱니바퀴가 살짝 어긋난다. 기분도 같이 가라앉는다.

에고 이런. 한숨이 나오고 나 자신을 주체하기 어렵다. 그렇다고 초조해봤자 방법이 없다. 사람은 먹고 싶을 때가 있는 것처럼 먹고 싶지 않을 때도 있다. 먹지 않으면 힘이 나지 않으니 먹고 싶지 않다는 건 힘을 내고 싶지 않다는 것이다. 그럴 때 '힘내라, 힘내라' 등을 떠미는 것은 더욱 괴롭다. 동물은 컨디션이 나쁠 때 그냥 누워서 몸을 둥글게 말고 상처를 치유하며 조용히 회복을 기다린다. 인간도 똑같다. 먹는 데 신경도 에너지도 쓰지 않으면서 컨디션을 회복할 수도 있지 않을까.

그냥 조심조심 그 시간이 지나도록 내버려 둔다. 등산을 좋아하는 사람이 알려 준 적이 있다. "있지, '한 개에 300미터'란 말

진짜야. 한 걸음도 더 내딛기 힘들 때 배낭 속에 있던 캐러멜을 먹으면 희한하게도 한 걸음 더 가 볼까 하는 생각이 들어."

오늘은 아무것도 먹고 싶지 않다고 느낄 때면 어김없이 그 말을 떠올린다. 당분을 섭취하면 혈당이 올라가고 글리코겐이 보충된다는 건 정말 그렇다. 사탕 한 개라도 먹어 둘까. 그런 생각이 들면 냉장고 속 잼에 눈이 멈춘다. 그리고 꿀, 카스텔라, 비스킷이 먹고 싶어진다. 갑자기 모리 마리森茉莉* 의 《나의 미의 세계私の美の世界》에 실린 '좋아하는 것'이라는 제목의 글이 떠오른다.

> 소세키漱石라는 위인은 잼을 즐겨 먹었다고 하지만 나는 연유를 즐긴다. 요즘은 더 빠져들어서 무당無糖 연유에 그래뉴당을 넣어 먹는다. 천국이다. 부드러운 달달함이 머리까지 퍼진다. 어릴 때 먹던 우유의 향이 되살아난 걸까?

단것을 먹는다는 건 조용한 즐거움이다. 뭘 먹고 싶지 않은 날에는 더욱더 그렇다. 혀끝에서부터 천천히, 목에서부터 가슴, 팔, 발가락 끝까지, 결국은 달콤한 독이 가라앉아 있던 기력을 되살린다.

그런데 먹고 싶지 않은 정도도 여러 가지니, 그럴 때의 처방전은 다음 두 가지다.

* 모리 마리 | 1903~1987. 일본 소설가, 에세이스트로 《아버지의 모자》《연인들의 숲》 등을 썼다.

1. 핥는다.

2. 씹는다.

1. 은 먹을 의욕이 없기 때문에 핥는다는 것뿐.

2. 는 먹을 의욕은 없지만 씹는다는 것뿐.

이 둘 사이에는 꽤 큰 차이가 있어서 씹을 마음이라도 있으면 여유만만이다.

씹는다. 그러면 실제로 놀랄 만큼 만족스럽다. 설사 아주 조금이어도 욕구의 근원이 충족되는 느낌이다. 더욱이 베어 물거나 씹거나 하는 동안 침이 분비돼 턱과 입 주변 근육이 바쁘게 움직이며 대뇌를 자극해 교감신경도 작동하기 시작한다. 혈액은 뇌로 보내져 혈관이 넓어지고 포도당과 탄소, 영양소도 같이 뇌로 보내진다……. 먹지 않는데도 이런 일이 분명히 일어나니 나쁠 게 없다.

그 대표선수가 마른 멸치다. 먹고 싶지 않을 때, 오늘은 먹지 않겠다고 생각할 때 내가 허겁지겁 씹는 건 마른 멸치다.

"오늘은 마른 멸치를 씹고 있어요."

이야기의 전개와 상관없이 아무 의도 없이 그렇게 중얼거렸더니 수화기 너머 상대방의 말문이 막혔다.

"음, 히라마쓰 씨도 마른 멸치를 씹거나 할 때가 있어요?"

"어, 종종 그래요."

배고프기 때문에 할 수 없이 씹는 건 아니다. 아무것도 먹고 싶지 않기 때문에 그 대신으로 씹는다. 서둘러 설명하지만,

"그래요? 그렇게 찬는 날도 있나 보네요."

내 마음을 전혀 이해하지 못했다.

마른 멸치에는 여러 맛이 있다. 감칠맛, 짠맛, 쓴맛, 알싸한 맛, 달달한 맛. 씹으면 씹을수록 조금씩 조금씩, 햇볕에 말려 더욱 농축된 바다의 생명이 춤추고 있는 듯 느껴진다. 그래서 아까운 마음에 머리와 내장도 떼어 내지 않는다. 한 마리 통째로 꼭꼭 씹어 먹는다. 열 마리 씹으면 깊은 충족감이 확 찾아온다.

견과류도 괜히 씹고 싶어진다. 호두. 피스타치오. 아몬드. 잣. 땅콩. 오독오독, 와작와작, 이 사이로 소리를 내 가면서 씹는다. 리듬을 붙여 가며 잘게 씹는다. 머릿속으로 울리는 음이 나의 뼈로 울려 퍼진다. 뼈에 탄력이 전해진다.

그런 날도 있다. 오늘은 먹지 말자. 먹고 싶지만 참는다. 내가 생각해도 기특하게 욕구 억제가 가능한 군자인 척하는 그런 날.

예를 들어 흑설탕을 묻힌 오키나와의 굵은 땅콩. 새우 전병. 막 볶은 뜨거운 은행. 오렌지 껍질을 초콜릿으로 코팅한 과자 오랑제트. 먹기 시작하면 폭주한다. 또는 오랜만에 만든 닭튀김. 배가 부른데도 아깝다는 이유로 냄비를 깨끗하게 싹 비우게 되는 스키야키. 막 쪄 낸 중국식 연잎밥. 이제 그만 먹으라는 이성의 재촉을 뿌리치고 정신을 차려 보니 오늘도 또 폭주. 얼결에 들떠서 과식. 위가 묵직해지니 짜증이 난다. 또 일 때문에 하루에 네 번 식사를 하게 되면 다음 날은 다 비운다. 이틀간 섭취한 열량을 더하고 나누어서 억지로 평균치를 맞추는 식으로 대책을 세우며, 동시에 위도 휴식을 취하게 하는 것이다.

이쯤에서 뇌리를 스치는 단어가 있다. 단식이다.

단식 도장. 단식 합숙. 단식 호텔 투어. 지금은 단식이 거대한 비즈니스인 시대다. 스스로 돈을 내고 시설에 들어가 일부러 먹을 수 없는 상황을 만든다. 냉정하게 생각해 보면 꽤나 한가로운 이야기 같지만 그렇게까지 하지 않으면 먹는 것의 유혹에 꼼짝없이 넘어간다는 것이다. 그래서 단식 관련 시장이 생겼지만, 요즘은 돈도 들지 않고 그다지 수고스럽지도 않은 '주말 미니 단식'이 크게 유행이다. 토일은 야채 주스만. 혹은 이틀간 세 끼를 야채수프와 죽으로만. 혹은 평소 먹는 양의 절반 이하로 줄이기……. 방법은 각자 취향대로. 생각나면 집에서 쉽게 할 수 있고, '절반' '소량'으로 적당히 타협을 볼 수 있다는 점이 과연 '주말 미니 단식'의 느슨함이다. 어쨌든 단식의 좋은 점은 대체로 이렇게 알려져 있다.

'식사, 즉 영양분을 끊는 것으로 지금까지 과잉 섭취해서 다 소화되지 못한 영양분이 체내에 흡수되도록 하고, 여분의 지방을 흡수하고 연소시켜 몸 밖으로 배출한다. 노폐물도 같이 몸 밖으로 배출한다.'

'부담을 많이 받은 위와 장을 쉬게 하고, 내장기관을 쉬게 하여 올바른 위치로 되돌린다.'

먹지 않으면 확실히 몸이 가벼워진다. 그건 정말 그렇다. 아침과 점심을 요구르트와 마른 멸치로 때우면 저녁 무렵에는 극심한 공복이 찾아오지만, 그 허기를 지나면 잠시 후 몸이 확 가벼워지고 날아갈 듯한 기분이 든다. 게다가 머리도 '맑아지는'

것 같다. 일단 그런 느낌에 익숙해지면 먹지 않는 것은 미지의 쾌감으로 변화해 간다. 이게 바로 '단식 하이high'● 란 것일까. '주말 미니 단식'이 왜 인기인지 알 듯하다.

하지만 변덕스러운 단식 취미를 여유롭게 즐길 수 없는 경우도 있다.

라마단 기간 중인 모로코로 여행을 간 건 5년 전 가을이다. 이슬람교의 단식월인 라마단 기간에는 해가 떠서 질 때까지 음식을 일체 먹지 않는다. 물 한 방울도 입에 대지 않는 종교의식을 치르면서 모로코 사람들은 도대체 매일매일 어떻게 사는지 알고 싶었다.

카사블랑카에서 출발해 마라케시에 도착하고 이튿날 문득 깨달았다. 오후 4시 지났을 즈음 거리 전체의 공기가 불온하게 들뜬다. 5시를 지나면 사람들은 공허한 눈빛으로 두리번거린다. 왠지 불안정한 느낌…… 무릎을 탁 쳤다. 해가 지는 6시 5분, 거리에 사이렌이 울려 퍼지면서 동시에 그날 첫 '아침식사'가 찾아온다. 즉 '먹을 수' 있다.

'아침식사'에 반드시 먹는 것은 미음 같은 수프 '하리라harira'다. 테이블에는 달콤한 과자, 대추, 꿀, 삶은 달걀, 모로코의 빵 '무라위'…… 금기에서 벗어나자마자 일은 내팽개친다. 심지어 호텔 프런트에서도 사람 그림자가 사라지고, 모로코에 있는 사람들은 일제히 식탁으로 향한다. 집 근처에 있었다면 집에서,

● 단식 하이 | 마라톤 선수가 느끼는 쾌감 '러너스 하이'처럼 단식으로 쾌감을 느끼는 상태.

회사에 있었다면 회사에서, 멀리 나가 있었으면 외출한 그곳에서. 어디에서든 반드시 걸쭉하고 따뜻한 '하리라'를 나눠 먹으며 오래 기다린 그날의 '아침식사'를 서두른다.

어라? 라마단을 버티는 게 매우 가혹할 것이라 걱정했는데 왠지 맥이 빠진다. 그도 그럴 것이 '하리라'를 마시면서 모두들 자랑스럽게 가슴을 펴고 말한다. "이 한 달간 흩어져 있는 가족의 유대가 훨씬 강해집니다. 그리하여 나라 전체에도 일체감이 생깁니다."

게다가 라마단이 끝난 직후에는 거국적인 성대한 축제가 열린다. 괴로움을 극복한 포상이다. 먹는 게 불가능하다는 그 금기가 먹을 수 있다는 데 대한 감사함을 과도하게 부각시킨다.

묻고 싶은 게 있는데요. 현지에서 친해진 수염 기른 아저씨에게 물어봤다.

"몰래 먹은 적은 한 번도 없었나요?"

"만약 한 번이라도 먹는다면 태어날 때부터 지켜 온 이슬람교의 가르침을 거스르는 게 되지요. 그러면 이때까지의 내 삶도 부정하는 것이 되고, 모로코인으로서의 사는 방식을 이해할 수 없게 됩니다. 먹지 않는 것보다 그게 훨씬 더 무섭습니다."

먹는 것, 먹지 않는 것이 문화의 규범과 연관되면 사람의 마음 깊은 곳까지 장악한다는 것이다.

"새우튀김, 아니면 오므라이스?"

소아과 병동 침대에 누워 있는 곧 세 살이 되는 딸에게 말을 걸면서 나는《무민 부자의 요리책》을 펼친다. 딸의 가느다란 손목에는 무수히 많은 주사 멍 자국과 링거 바늘.

26년 전 일이다. 신장에 난치병이 생겨 생사의 문턱을 넘나든 후 회복 중인 딸을 기다린 건 링거, 즉 먹는 것을 일체 금지당한 입원 생활이었다. 침대에 누운 채라지만 그래도 아침에는 식사를 나눠 주는 소리가 들리고, 점심이 되면 우동이나 소고기감자조림의 냄새, 저녁에는 소아과 병동답게 "우와 카레라이스다"라는 환호성이 들린다. 먹고 싶어도 먹을 수 없는 딸을 생각하면 가슴이 미어졌다.

고심한 끝에 나는 주치의도 기겁할 만한 행동을 했다. 먹을 수 없는 딸에게 정말 맛있어 보이는 음식 사진이 많이 실린 책을 펼쳐 주었다. 거친 방법으로 그 욕구를 잠재울 생각은 아니었다. 먹고 싶은 마음을 모른 척하고 숨기고 억제하도록 하는 게 괴로웠다. 설사 먹을 수 없다고 해도 새우튀김과 오므라이스를 맛있겠다고 생각하고, 먹고 싶다고 바라는 게 마음 편하지 않을까. 엄마의 직감이었다.

병동에 짤그랑 짤그랑 퍼지는 접시와 젓가락 소리가 '요리책'을 펴는 신호다.

"자, 밥으로 하자."

그건 분명히 회복 후 링거를 맞기 시작한 지 나흘째 되는 날이었다. "오늘 점심은 음, 깃발도 꽂아 주는 어린이용 런치, 디저트는 푸딩이야. 먼저 햄버그를 잘라서 줄게"라며 몸짓, 손짓으로 흉내 내던 그때.

딸이 갑자기 책에서 시선을 떼고 침대 옆에 있는 나에게 몸을 돌렸다. 그리고 말했다.

"엄마 식어요. 빨리 먹고 와요."

이게 무슨 소린가. 딸은 알고 있었다. 간호하는 나를 위한 밥이 식사 시간마다 옆 병실에 준비돼 있다는 것을. 힘없이 누워 있는 이 작은 애는 보름 동안이나 음식을 입에 넣지 않고 있다. 그런데도 다른 사람이 먹을 음식이 따뜻할지 신경 쓰고 있다. 안타까움에 몸이 베이듯 아팠다.

다 식은 된장국 그릇을 양손으로 들어 올려 입에 대고 억지로 마신다. 소아과 병동의 소독약 공기와 함께 연한 된장의 맛이 혀에 닿는 순간 배 속 저 아래에서 오열이 터져 나왔다. 엄마 혼자만 먹어서 미안해. 넌 먹고 싶어도 먹을 수 없는데 미안해. 뚝뚝 떨어진 눈물이 두부 조각이 떠 있는 국물 표면을 흔들어 된장국이 한층 더 차갑게 빛나고 있었다.

오늘은 아무것도 먹고 싶지 않다. 어찌 해도 먹고픈 마음이 생기지 않는다. 요리 따위 하고 싶지 않다. 뜨거운 물도 끓이고 싶지 않다. 부엌에 서고 싶지도 않다.

그런 기분이 드는 날에는 무리하지 않고 거스르지 않는다. 일단 자신을 받아들이고 '좋아, 잘하고 있어'라며 달래 준다. 먹고 싶지 않은 기분 한구석에는 스스로도 알아채지 못하는, 혹은 알고 싶지 않은 감정도 몸을 웅크리고 조용히 숨어 있으니까.

그렇더라도 먹고 싶지 않은 날을 어찌어찌 보내고 나면 반드시 그다음 날이 찾아온다.

혼자 먹는다, 누군가와 먹는다

"같이 살고 있어도 의미 없다니까."

도키와 씨가 흑설탕 소주잔을 들어 훽 마시자 커다란 얼음이 짤랑하고 소리를 낸다. 도키와 씨 아내는 건축사무소에서 일하고, 이른 아침에 출근하는 데다 각자 야근과 출장이 따로 있기 때문에 집에서 좀처럼 얼굴을 볼 수 없다.

"결국 평소에 나 혼자 장 보고 혼자 밥하고 혼자 설거지하는데, 그게 벌써 2년이 다 돼 가."

둘이 사는 건데 혼자 먹는 밥이라니, 왠지 혼자 사는 것보다 더 서글픈 기분이야. 자기연민 가득 담아 그렇게 말하면서 잔 속의 얼음을 이리저리 굴린다.

저기 있잖아요. 그 기분 모르는 건 아니지만, 혼자 장 보고 혼자 1인분 밥을 짓고 자기가 먹은 그릇 자기가 치우는 게 그렇게 서글픈가요? 그럼 혼자서 밥 먹는 사람은 모두 불쌍한 사람인가요?

목구멍에서 나오려고 하는 이 말을 꿀꺽 삼키고 도키와 씨의 등을 토닥였다.

"좋잖아요, 요리 실력도 늘고. 이로써 혼자 씩씩하게 살 수 있는 준비가 완벽해요!"

다다미 가게를 하는 니시 씨는 결혼 후 29년 동안 한 번도 부엌에 들어간 적이 없다고 으스대고 있다. "집에서 혼자 밥을 차리느니 난 술 마시고 잘 거예요." 한편 여자 쪽도 지지 않는다. 근처에 사는 주부 모모 씨는 삼십대 중반이지만 시부모님과 남편과 자녀에게 매일매일 세 끼 만들어 주고 있는 게 자신의 최대 장점일지도 모른다, 고 말한다.

정말 그런가? 혼자서 밥을 먹을 수 없는(없다고 생각하는) 남자(여자)에게도, 혼자 밥 먹게 할 수 없다는(없다고 생각하는) 여자(남자)에게도, 괜한 참견이겠지만 똑같은 걸 물어보고 싶어진다.

어찌 됐든 혼자서 살지 않으면 안 되는 경우가 있잖아요. 사람은 홀로 태어나 홀로 죽는 존재니, 언제든 자기 혼자서 살아갈 수 있는 준비를 해 놓는 편이 무슨 일 있을 때 우왕좌왕하지 않을 거라고 생각합니다.

혼자 피크닉 가는 것을 좋아한다.

예를 들어 가을바람이 불어오는 작은 공원 벤치에 앉아 근처에서 사 온 고로케 같은 걸 먹는다. 맑고 푸른 하늘의 조개구름,

산들산들 흔들리는 나무들, 모래밭 옆을 총총 뛰는 작은 새. 수줍을 정도로 행복한 풍경에 혼자 취한다. 이런 기분이 드는 오후에는 컵술과 통조림을 손에 쥔다.

요컨대 혼자 놀기, 줄이 끊어진 연처럼 맘껏 자유롭게 망상 실컷 하기. 그렇기 때문에 고로케일지라도 집에서 막 끓인 뜨거운 밀크티를 한 손에 들고 먹을 때와는 맛이 전혀 다르다.

"밖에 나오면 확실히 기분 전환이 돼요. 문제는 집 안인가 봐요. 적막한 방에서 혼자 꼼지락꼼지락 밥 먹는 거 답답해서 싫어요, 난."

술을 마시고 자고 싶다는 쉰한 살 니시 씨의 주장이다. 후훗, 바로 그겁니다.

항상 혼자인 것은 아닌데 집에서 혼자 밥 먹는 상황이 된다. '진가'가 드러나는 것은 그때다. 만약 혼자 산다면 투정 부릴 수 없는 극히 평범한 일상의 한 토막일 뿐. 하지만 일단 동거인이나 가족이 있으면 뭔가가 무너진다. 인간이 나약해져서 공복을 채우는 행동에 너무 많은 의미를 부여하려는 한심함이 생겨난다.

예를 들면 이런 식이다.

- 힘내서 후다닥 만들어 버릴까. 스파게티나 우동 혹은 볶음밥 같은 것.
- 냉장고 속 요구르트나 바나나, 낫토, 치즈 같은 그대로 먹을 수 있는 걸로 때우는 것.
- 인스턴트나 레토르트 식품도 괜찮다.

- 에이 귀찮아, 밖에서 먹을까.
- 일부러 밖에 나가는 것도 귀찮다. 일단 맥주나 마실까.

뭐, 기분과 상황에 따라 선택하게 될 것이다. 나라면 어떻게 할까. 수고하지 않고 후다닥 끝내고 싶으니까 냉장고에 있는 반찬을 조금조금 모아 한 접시에 올려 정식처럼 차려 내면 끝. 대단한 반찬이 보이지 않는다면 피클과 토스트라도 전혀 문제없다. 후딱 차릴 수 있고 만족도도 높은 넘버원 메뉴는 햄이나 야채, 달걀프라이를 넣은 샌드위치다.

나 혼자 먹는 점심밥은 다른 사람에게 보여 줄 만한 건 아니다. 책상에 앉아 일하면서 틈틈이 입에 넣는다. 일하는 도중에 집중력이 떨어지면 곤란하기도 하고, 배가 터질듯 불러 졸음이 쏟아지면 더 문제다. 오히려 먹지 않는 편이 나을지도 모른다.

말하자면 혼자 먹는 것에 새삼스럽게 의미를 부여하는 것이 더 귀찮다. 매끼를 일일이 즐기는 자세도 짜증 난다. 공복만은 대충 피하고 싶어 지혜를 짜낼 뿐이다.

열흘 전쯤 일이다. 오전 10시를 넘긴 전철 안. 유연근무제로 출근하는 듯한 건너편의 여자가 가방에서 살짝 꺼내 베어 문 것은 크루아상이었다. 어머, 요즘은 통근열차도 식탁 대신인 건가. 읽던 책에서 잠깐 눈을 떼고 무심코 얼굴을 들었더니 크루아상이 야끼소바빵으로 바뀌어 있었다! 다시 책을 읽다 고개를 들었더니 오오! 야끼소바빵이 크림빵으로 바뀌었다.

미치 몰라 뵈었습니다. 딜딜한 빵으로 디저트까시 완료. 역

구내에서 급히 산 빵 세 개가 제대로 된 코스 구성이라니 신기하다. 지각할 궁지에 몰리니 더더욱 지혜와 노하우가 나온 것이다. 공복의 벼랑 끝에 매달린 채 욕구를 왕성하게 탐하고 있다. 입술에 묻은 크림을 쏙 핥는 만족스러운 표정이 돌연 귀엽다.

혼자 먹는 것은 나쁘지 않다. 싫어하지도 않는다. 그렇다고 재밌지도 않다. 그러한 감정 주변 어딘가를 맴돌면서 모두들 자기 나름대로의 비법을 연구하고 있는 것이다.

불쾌한 울림이 묘하게 거슬린다. 그건 바로 '오히토리사마お一人様●'라는 단어다.

"어서 오세요. '오히토리사마'세요?"

"'오히토리사마'시네요. 이쪽으로 오세요."

시끄럽다고 생각한다. 한 사람인 건 보면 안다. 대체 왜 굳이 '사마様'를 붙이는 걸까. 밖에서 '혼자' 먹는 경우 얽히게 되는 (그렇다고 흔히 생각하는) 연민, 약간의 수치와 체면 구김…… 피차 느끼는 복잡한 감정을 존칭어 '사마'라는 글자로 모면하고자 하는 걸까.

언제까지나 '혼자'는 평범해지지 않을 것이라 생각한다. 혼자라는 건 사실 대단한 것도 아닌데 말이다.

긴자의 초밥집 주인이 말했다.

● お一人様 | 공손 접두어 '오(お)'에 한 사람을 의미하는 '히토리(一人)', 거기에 님을 뜻하는 존칭어 '사마(様)'를 결합하여 '한 사람'을 극도로 정중하게 표현한 말이다. 의역하면 '한 분'이지만, 직역하면 '한 사람 님'이 된다. 일본 사람들은 일상생활에서 존칭어 '사마(様)'를 쓰는 걸 부담스러워한다고 한다. 작가 히라마쓰 요코도 그런 불편함을 이 단어에서 느낀 듯하다.

"대놓고 말할 수는 없지만 초밥집은 조용히 먹고 조용히 돌아가는 손님이 제일 좋아요. 네, 혼자 오는 손님도 그렇습니다. 말하자면 혼자 오는 손님은요, 먹고 싶은 걸 조용히 먹고 오래 앉아 있지 않고 바로 돌아가시는 분이 많아요. 좋은 손님이지요, 정말."

혼자라서 고마운 손님이 되는 경우도 있다. 그러니까 지나치게 겁내거나 방어할 필요는 없다. 오히토리사마(한 분)라는 말을 사용하여 친절하게 대접해 준다고 좋아할 게 아니다. 슥 가서 살짝 먹고 얼른 나온다. 이것이 밖에서 혼자 먹을 때의 비법이다.

다만 혼자 즐길 수 있는 장소도 있고 그렇지 않은 곳도 있다. 혼자일 때 피하고 싶은 곳은, 예를 들면 테이블에 하얀 테이블보가 깔려 있고, 의자가 각 맞춰 마주 보고 있는 레스토랑. 즉 누군가와 같이 먹는 걸 전제로 하는 장소에서는 '같이 있을 사람이 없는' 것처럼 보인다. 역시 그건 좀 괴롭다.

그래서 혼자일 때는 카운터가 있는 장소를 고른다. 어차피 카운터라는 것은 1인이 기본인 형태이니까. 초밥집도 카운터 형식이잖아요. 튀김집이나 일본 전통음식점도 카운터가 있다면 스스럼없이 들어갈 수 있다.

제일 마음 편한 건 뭐니 뭐니 해도 정식집과 소바집이다. 생선구이 정식, 야채볶음 정식, 스키야키 정식, 1인분을 미리 한 상 차림으로 준비해 주는 점이 정식집의 친절한 부분이다. 게다가 소바집이라면 맥주든 일본 술이든 혼자 마실 수 있다. 되는 건 달걀말이, 어묵, 김 그리고 만들 수 있는 거 대충. 따뜻한 소바든 차가운 소바든 취향대로. 소바집은, 즉 부담 없이 혼자서 편하게 있을 수 있는 어른들의 찻집 같은 곳이다.

혼자든 둘이든 여럿이든 그 나름대로 딱 맞는 장소를 고른다. 이것도 생활의 지혜다.

가을 소풍 길에 친구와 다투고 무리와 떨어져 혼자 먹은 김밥 도시락. 준비물을 빠뜨려 벌을 서고 혼자 남아서 먹은 급식. 어른이 되어서는 시끌벅적한 단체 손님들 옆에서 덩그러니 혼자 작은 냄비를 데우는 고체 연료에 성냥불을 붙였던 여행지 료칸에서의 저녁식사. 의욕 넘치게 차렸는데 가족들 모두 귀가가 늦어져 혼자서 먹은 흩뿌림초밥. 즐겁지는 않았지만 그때마다 '뭐 이런 때도 있는 거지' 하며 지나왔다.

갑자기 다른 이야기지만 장례식장 식당에서 느꼈던 이상한 느낌을 갑자기 떠올릴 때가 있다.

상복을 입고 먹고 마신다. 그리고 결코 다시 만날 일 없는 사람과 가까이 얘기하고 친밀함을 나눈다. 많은 사람들이 탁자에 둘러앉아 젓가락을 움직이면서 한 명 한 명 모두 조용히 여행 떠난 사람을 마음으로 불러낸다. 옛날 같으면 '뭐야, 장례식에서 먹고 마시다니' 하며 싫어했겠지만 지금은 다르다. 아주 조금이라도 뭔가를 먹는 것으로 몸이 찢어지는 듯한 쓸쓸함에 약간이나마 피가 도는 느낌이다. 혀 위에 올려 이로 씹고 침을 분비시키고 꿀꺽 삼켜 맛을 느낀다. 그러면 냉랭했던 슬픔에 점점 온기가 돌기 시작한다.

그러니까 홀로 먹는다는 것, 그 자체가 이미 따스한 것이다. 외롭거나 쓸쓸한 게 아니다. 정말 그렇다면 혼자를 둘러싼 그 '관계'란 게 아주 조금 쓸쓸한 것일지도. 혼자 장 보고 혼자 1인분 만들어 자기가 먹은 접시를 혼자 치우며 '같이 살아도 의미 없구나' 하고 푸념하던 도키와 씨, 그렇지 않습니까?

이런 생각을 하면서 만들어 둔 지 나흘 된 미네스트로네 수프를 후루룩거린다. 매일 다시 데우면서 혼자 먹다가, 둘이서 먹다가, 셋이서 먹다가, 또 다시 혼자 먹다가, 자질구레한 일상 속 하루하루 맛이 쌓이고 있다.

혼자 먹는 맛을 알고 나면 누군가와 함께 먹을 때의 맛은 그만큼 깊어지고 고마워진다.

책에 나오는 요리&레시피

◎ 이런 것을 먹어 왔다

치킨라이스

밥을 볶은 후 케첩을 뿌려서 섞으면 어머니가 쥐고 있는 프라이팬 속이 새빨갛게 물든다. 그 순간을 보는 게 너무 좋았다. 어른이 되어 내가 직접 만들 때도 두근대고 들떴다. 재료도 어릴 때와 똑같다. 닭고기, 당근, 양파. 그리고 완두콩은 숨은 주역.

흩뿌림초밥(지라시즈시)

어머니가 만드는 흩뿌림초밥은 구라시키倉敷의 '마쓰리 초밥'. 새우, 표고버섯, 연근 초절임, 우엉, 박고지, 달걀지단, 찐 생선, 삼치 초절임, 줄기콩…… 여러 가지 재료가 층층이 더해져 당당하고 화려하다. 몇 번이나 도전해 봤지만 그처럼 숙련된 맛에 가 닿으려면 아직 멀었다는 걸 깨닫게 될 뿐이다. 어머니의 오랜 손맛은 나이가 들어도 따라갈 수가 없다.

닭고기토마토조림

1970년대, 내게 있어서 도쿄 구니타치에 있는 식료품점 '기노쿠니야'는 식재료의 원더랜드였다. 처음으로 유럽 식재료를 산 것도 이 가게였고, 그중에서도 이탈리아산 토마토캔을 좋아했다. 당시에 자주 만들었던 것이 이 닭고기토마토조림. 둥글게 자른 양파와 닭고기를 교대로 겹치고 으깬 토마토와 올리브오일을 뿌려 보글보글 조리기만 하면 된다. 중간에 올리브를 넣으면 감칠맛이 더해진다. 외국 잡지에서 발견한 이 가정요리는 태어나 18년간 맛본 적 없는 풍부한 맛이었다.

삼색 도시락

딸이 한창 크던 시절 급하게 도시락을 싸야 했을 때 제일 도움이 됐던 게 삼색 도시락. 도시락통에 밥을 담고 그 위에 잘게 썬 닭고기조림, 달걀지단, 소금물에 삶은 줄기콩. "언제 먹어도 맛있어. 전혀 질리지 않아." 딸의 이 말에 기대어 셀 수 없이 많이 만들었다. "친구들한테 인기여서 오늘은 도시락을 통째로 바꿔 먹었어." 이 같은 말을 들으면 신나서 똑같은 걸 만들었다.

홍합찜

이삼십대 때는 아시아 각국을 자주 돌아다니며 미지의 양념과 허브, 조미료를 차례차례 만나 미각의 폭을 크게 넓혔다. 예를 들어 태국식 홍합찜. 레몬그라스와 월계수잎을 같이 넣어서 찌면 뭐라 형언할 수 없는 깊은 풍미와 향이 나온다는 것을 배웠다. 남플라(태국식 생선 액젓)와 레몬즙, 고춧가루를 섞은 양념장에 찍어 먹는다.

민트를 넣은 삶은 감자

감자를 푹 삶아 그릇에 넣어 굵게 으깬다. 뜨거울 때 소금과 올리브오일을 넣고 섞어 그대로 식힌다. 먹기 전에 뜯어 낸 민트를 듬뿍. '어, 이렇게 많이?'라는 생각이 들 정도로 충분히 넣는 게 포인트. 화이트와인이나 샴페인에 잘 어울리는 자랑스러운 일품요리. 멋스러운 맛.

◎ 한잔하고 싶은 날

구운 유부 · 오이 단식초절임 · 김무침

언제나 단골 술안주. 석쇠에 노르스름하게 구운 유부에는 생강간장을 똑똑 떨어뜨린다. 오이 단식초절임은 오이를 껍질을 벗겨 세로로 잘라 씨를 빼고 소금에 절여 단식초甘酢(아마즈)에 담근다. 김무침은 부순 김에 간장, 참기름, 다진 마늘, 깨소금, 설탕, 고춧가루를 섞어 버무린 것. 생각나면 후닥닥 손쉽게 만들 수 있다.

◎ 나의 맛국물 이야기

돼지삼겹살 육수

큰솥에 물을 가득 담고 돼지삼겹살을 넣어 푹 삶는다. 맑은 육수를 만들려면 표면이 조용히 흔들릴 정도의 중불에서 살살 끓일 것. 쓸데없는 향은 싫으니 술, 파, 마늘 어떤 것도 넣지 않는다. 저장하는 것은 질색이지만 이것만은 많이 만들어 냉동실에 넣어 둔다. 언제든 맛있는 국물을 쉽게 만들 수 있어 안심. 삶은 돼지고기도 물론 전부 맛있게 먹는다.

오키나와 니시메煮しめ

오키나와에 오가면서 특기가 된 오키나와의 맛은 많이 있다. 이것도 그중 하나다.

재료 돼지삼겹살(덩어리) 300그램, 맛국물용 다시마 60센티미터, 말린 표고버섯 5~6장, 당근(중) 1개, 두꺼운 유부 1장, 참치액 4컵, 간장 2/3큰술, 아와모리 1큰술, 미림 3/4큰술, 소금 1작은술

만드는 법 ① 돼지고기는 삶아 식혀서 4센티미터 크기로 네모지게 자르다. ② 다시마는 물에 담갔다가 건져서 매듭을 만들어 균등하게 자르다. 두꺼운 유부는 3센티미터 크기로 네모지게, 당근은 잘게 썬다. ③ 냄비에 육수를 끓이고, 돼지고기, 말린 버섯, 다시마, 당근을 넣고 간장, 소금, 아와모리, 미림을 넣고 중불에서 20분 정도 삶는다. ④ 두꺼운 유부를 넣고 10분 정도 삶는다. ⑤ 불을 끄고 식히면 맛이 스며들어 맛있어진다.

미나리달걀수프

미나리의 쌉쌀함은 자꾸 생각나는 맛이다. 아삭아삭한 식감, 달걀의 부드러움, 겨울부터 초봄에 걸쳐 자꾸 만든다.

재료 돼지고기 육수 3과 1/2컵, 술 1작은술, 미나리 1/2 묶음, 달걀 1개, 녹말가루 적당히, 소금 적당히

만드는 법 ① 냄비에 돼지고기 육수를 끓여 술을 더한다. ② 녹말가루와 소금을 넣는다. ③ 대충 썬 미나리, 풀어 둔 계란을 넣고 마지막에 소금으로 간을 맞춘 후 바로 불에서 내린다.

한국식 수육

잘 익은 배추김치와 돼지고기의 궁합은 절묘하다. 몇 번을 먹어도 감탄한다. 먹기 시작하면 멈출 수 없다.

재료 삶은 돼지고기(삼겹살) 800그램, 배추김치 1/4 포기, 실파, 파 등

만드는 법 ① 돼지고기를 삶고, 삶은 물속에서 남은 열로 더 익도록 둔다. ② 돼지고기를 두껍게 썬다. 배추김치는 먹기 좋은 크기로 썬다. ③ 돼지고기와 배추김치를 겹쳐서 혹은 김치로 고기를 감싸서 먹는다.

◎ 딱 맞는 소금 간

올리브오일을 뿌린 두부

갓 만든 맛있는 두부로 꼭 한 번은 시도해 보시길. 중독될지도 모른다.

재료 두부 1모, 올리브오일 1큰술, 소금 적당히

만드는 법 ① 두부를 손으로 투박하게 자른다. ② 먹기 직전에 올리브오일을 뿌리고 소금을 살짝 뿌린다.

염장한 돼지고기

소금에 절인 돼지고기는 만능 식재료다. 질 좋은 삼겹살 덩어리에 소금을 뿌려 하룻밤 잘 재워 둔다. 대강의 기준은 800그램에 소금 2~3큰술. 며칠 동안 굽거나 찌거나 삶는 등 여러 가지로 응용할 수 있다.

야채구이

맛있게 만드는 제일 좋은 방법은 재료를 두껍게 써는 것.

재료 고구마, 참마, 당근, 강낭콩 등 야채 아무거나. 타임 등 좋아하는 허브, 가보스(오이타 현 특산물로 유자의 일종) 등의 감귤류, 올리브오일 약간, 소금 약간

만드는 법 ① 야채를 껍질째 두껍게 썬다. ② 프라이팬에 올리브오일을 두르고 야채를 차분히 굽는다. 중간에 허브를 야채에 얹고 뚜껑을 덮어 향이 배게 한다. ③ 그릇에 구운 야채를 담고 소금을 뿌리고, 가보스, 유자, 레몬 등의 즙을 뿌린다.

연근 튀김

술안주로도 손님 대접용으로도 그만. 연근의 깊은 맛에 고개를 숙이게 된다.

재료 연근 200그램, 튀김용 기름 적당히, 소금 적당히, 산초가루 적당히

만드는 법 ① 연근을 잘 씻고 껍질째 잘게 썬다. ② 냄비에 기름을 붓고 중온으로 가열하여 연근을 튀긴다. ③ 소금과 산초가루를 섞어 연근을 찍어 먹는다.

◎ 맛있는 밥을 짓고 싶어

문화냄비로 짓는 밥

가볍고 튼튼하고 다루기 쉽고 가격도 싸다. 나는 가장 소박하고 무난한 문화냄비로 밥 짓기 불 조절의 기본을 '학습'했다. 밥물이 끓어올라 뚜껑이 들썩거리면 그 타이밍에 중불로 줄이고 뜨거운 증기가 새지 않도록 무거운 돌을 뚜껑 위에 올린다. 달콤한 밥 냄새가 감돌면 서둘러 불을 끄고 뜸을 들인다.

르크루제 직경 16센티미터 냄비에 만든 필라프
쌀 2홉과 애호박 1개를 올리브오일로 볶은 후 동일한 양의 닭 육수를 부어 밥을 짓고 파르미자노와 굵게 빻은 후추를 더해 뜸을 들인다. 먹기 직전에 민트를 듬뿍 더하면 경쾌한 맛이 난다. 감동의 맛.

◎ 손으로 만든다: 한국의 맛

쌈장
쌈을 싸 먹을 때 쓰는 장을 가리킴. 저장할 수 있으므로 종합 양념으로 자유롭게 응용할 수 있다. 야채와 돼지고기를 볶을 때 양념으로도 사용할 수 있다. 기호에 따라 미림이나 술을 더하면 좋다.
재료 고추장 4큰술, 된장 3큰술, 간장 2큰술, 설탕 1큰술, 깨소금 1과 1/2큰술, 다진 마늘 적당히, 잘게 썬 대파 2큰술, 멸치 4마리, 참기름 1과 1/2큰술
만드는 법 ① 멸치는 머리와 내장을 떼고 손으로 잘게 부순다. ② 작은 냄비에 참기름을 넣고 부순 멸치를 타지 않게 볶는다. ③ 다른 재료를 더하여 살짝 익히며 잘 섞이도록 한다.

◎ 여름은 역시 카레입니다

양념밥
카레의 맛은 밥 하나로 훨씬 맛있어진다.
재료 계피스틱 1/3개, 통후추 8개, 심황 2/3작은술, 샐러드유 2작은술, 쌀 2컵
만드는 법 ① 팬에 식용유, 계피스틱, 굵게 빻은 흑후춧가루를 넣고 불에 올려 향을 낸다. ② 씻은 쌀과 심황을 더해 섞고, 같은 양의 물을 넣어

끓인다.

오이 피망 라이터(요구르트 샐러드)

카레의 사이드 메뉴로 안성맞춤. 상큼한 신맛의 라이터는 인도의 식탁에 올라가는 단골 메뉴.

재료 오이 1/2개, 초록 피망, 붉은 피망 각 1/2개, 요구르트 500그램, 소금 1/2작은술

만드는 법 ① 오이, 초록 피망, 붉은 피망을 잘게 썬다. ② 요구르트를 잘 저어서 부드럽게 한 후 소금과 잘게 썬 야채를 더한다.

닭고기 시금치 카레

시금치가 닭고기와 얽혀 맛있는 소스가 된다. 부드러운 맛의 '인도 엄마 요리'.

재료 닭가슴살 200그램, 시금치 1단, 계피스틱 1개, 고추 1개, A(심황 가루 1과 1/2작은술, 커민가루 1작은술, 고수가루 1작은술, 칠리가루 1/2작은술, 씨 부분을 빼고 큼직하게 썬 토마토 1개, 다진 마늘 1/2작은술), 샐러드유 1큰술, 소금 적당히

만드는 법 ① 냄비에 샐러드유, 고추, 계피스틱을 넣고 불에 올려 향을 낸다. ② 잘게 썬 시금치와 닭가슴살을 넣고 볶는다. ③ A를 더한 후 끓인다. ④ 소금으로 간을 맞춘다.

콜리플라워 완두콩 카레

콜리플라워의 사각사각한 식감이 일품!

재료 콜리플라워 1개, 완두콩 1/4컵, 커민시드 2/3작은술, A (심황 1작은술, 커민가루 1작은술, 고수가루 1작은술, 칠리가루 2/3작은술), 씨 부분을 빼고 큼직하게 썬 토마토 1/2개, 물 1/2컵, 다진 마늘, 다진 생강 각 1/2작은술, 샐러드유 1큰술, 소금 적당히

만드는 법 ① 냄비에 샐러드유와 커민시드를 넣어 볶는다. ② 향이 나면 작은 덩어리로 자른 콜리플라워를 넣어 볶는다. ③ A의 양념을 더해 볶다가 토마토, 물, 완두콩을 넣고 뚜껑을 닫아 찌듯이 익힌다. ④ 다진 마늘과 다진 생강, 소금을 더해 준다.

가지 그린 카레

맵지만 부드럽다. 태국 그린 카레에는 단단하고 둥근 가지를 사용한다.

재료 가지 3개, 죽순 200그램, 꽈리고추 8개, 소고기 200그램, 그린 카레 페이스트 50그램, 코코넛 밀크 1캔, 남플라 1과 1/2큰술, 설탕 1/2큰술, 월계수잎 5장, 샐러드유 1큰술, 소금 적당히

만드는 법 ① 가지는 비스듬히 덩어리 썰기 하고, 죽순은 채 썰고, 소고기는 먹기 좋은 크기로 썬다. ② 냄비에 샐러드유와 그린 카레 페이스트를 넣고 볶는다. ③ 코코넛 밀크를 더해 전체적으로 잘 풀어 준다. ④ 표면에 기름이 뜨면 ①과 남플라, 설탕, 월계수잎을 넣고 끓인다. ⑤ 마지막으로 꽈리고추를 넣고 끓이다가 소금을 넣고 간을 맞춘다.

카레우동

감칠맛이 가득한 유부와 파의 단맛. 둘 다 내가 만드는 카레 우동에는 빠뜨릴 수 없다.

재료 대파 2대, 유부 2장, 카레 가루(또는 카레 루) 적당히, 육수 3컵, 샐러드유 1큰술, 우동면, 시치미 적당히

만드는 법 ① 냄비에 샐러드유를 두르고 어슷썰기 한 파를 볶는다. ② 유부는 얇은 직사각형 모양으로 썬다. ③ 카레 가루와 육수, 유부를 넣고

끓인다. ④ 그릇에 우동과 카레를 담고 시치미를 뿌린다.

향신료를 넣은 감자조림

햇감자가 나오면 항상 만든다. 빵에도 밥에도 도시락에도 잘 어울린다. 껍질째 만드는 것이 맛의 포인트.

재료 햇감자 15~20개, 커민시드 1작은술, A(심황 가루 1과 1/2작은술, 고춧가루·고수 가루·커민 가루 각 1작은술, 가람마살 1/2작은술), 물 2/3컵, 소금 2작은술, 샐러드유 2큰술

만드는 법 ① 감자는 껍질째 잘 씻는다. ② 냄비에 샐러드유와 커민시드를 넣고 가열하여 향을 낸다. ③ 감자를 넣고 볶다가 A를 더하여 전체적으로 섞는다. ④ 물과 소금을 넣고 뚜껑을 닫는다. 가끔 저어 주면서 졸인다.

◎ 면을 후룩후룩

비빔냉면

여름에 간단히 만들 수 있는 서울 식당의 맛.

재료(2인분) A(고추장 2큰술, 간장 1큰술, 참기름 1큰술, 설탕 1/3큰술, 깨소금 1큰술, 다진 마늘 1/2작은술), 냉면용 면, 배추김치, 채 썬 오이, 삶은 돼지고기 등 적당히

만드는 법 ① A를 잘 섞는다. ② 면을 삶아 얼음물에 헹구고 물기를 잘 짠 후 양푼에 담고 ①을 더해 재빨리 무친다. ③ 그릇에 담고 배추김치, 오이, 삶은 돼지고기 등을 올린다.

우메보시를 넣은 이나니와 우동

약간 출출할 때, 뭔가 만들기 귀찮을 때 딱이다.

재료(2인분) 우메보시 2개, 쪽파 4줄, 우동용 쓰유 적당히, 이나니와 우동 면.

만드는 법 ① 면을 삶은 후 얼음물에 헹궈 탄력을 살린다. ② 뜨거운 우동 국물을 그릇에 담고 우메보시와 잘게 썬 쪽파를 올린다.

연어 코티지치즈 카펠리니

차가운 화이트 와인을 마시고 싶을 때 자주 만든다.

재료(2인분) 코티지치즈 4큰술, 훈제연어 4장, 딜 4~5개, 올리브오일, 소금 적당히, 카펠리니 면

만드는 법 ① 카펠리니는 소금을 넉넉히 넣은 끓는 물에 알덴테로 삶고, 흐르는 찬물로 식힌 후 체에 건져 물기를 잘 뺀다. ② 훈제연어는 먹기 좋은 크기로 준비하고, 딜은 줄기째 다진다. ③ 그릇에 준비한 모든 재료와 올리브오일, 소금을 넣고 재빨리 버무린다.

시소와 양하를 넣은 한 입 소면

여름에 자주 해 먹는다. 한 입 크기로 놓아두면 남았을 때도 서로 들러붙지 않는다. 조금 남겼다가 다음 날 아침에 그대로 국물에 넣어 먹기도 한다.

재료(2인분) 양하 5개, 시소 10장, 소면 적당히, 멘쓰유 적당히

만드는 법 ① 양하와 시소는 채 썬다. ② 소면을 삶아 찬물에 헹구고 체에 건져 물기를 뺀다. ③ 준비한 재료를 잘 섞은 후 먹기 좋은 양을 손가락으로 감아 동글게 만들어 접시에 담아낸다.

유면

맛있는 고추기름으로 야식 즉석 유면油麵을 후룩후룩.

재료(2인분) 중화면 1/2개, 대파의 하얀 줄기 한 줌, 이시가키 섬 고추기름 1큰술

만드는 법 삶은 중화면을 그릇에 담은 후, 길게 채 썬 대파의 하얀 줄기를 얹고 이시가키 섬 고추기름을 뿌린다. 취향에 따라 참깨 소스를 뿌려도 맛있다.

가마아게소바

소바에 '탁월함'이나 '기술'과 같은 표현을 붙이는 건 잘 못한다. 가마아게소바釜揚げそば는 이즈모出雲의 향토 요리. 소바를 삶아 낸 뜨거운 소바 물도 같이 맛본다. 육수를 뿌려도, 멘쓰유에 담가도 맛있다. 양념은 다진 파, 고춧가루, 가쓰오부시로 한다. 살짝 걸쭉하고 부드러운 소바 물의 풍미는 특별하다. 몸을 따끈따끈하게 데워준다.

◎ 찜 요리의 달인이 되고 싶다

야채찜

재료 계절 야채 원하는 만큼

만드는 법 먹기 좋은 크기로 자른 야채를 센 불에 올린 찜통에 넣고 빨리 찐다. 두께와 단단함에 따라 시간 차이를 두고 찜기에 넣어 각각의 식감을 잘 살려 주는 것이 요령이다. 증기에 둘러싸여 야채의 진하고 깊은 풍미가 꽃을 피운다. 올리브오일이나 소금만으로 심플하게.

중국식 연잎밥

큰 연잎에 싸서 찌면 독특한 향이 배어 한층 더 맛있어진다. 굴 소스나 간장, 소흥주 등으로 볶아 맛을 더한 찹쌀, 돼지고기, 건새우, 말린 조개관자, 말린 표고버섯, 죽순을 연잎으로 싸서 센 불로 폭 찐다. 20년 이상 만들고 있다.

달걀찜

부들부들 흔들리며 목 안을 미끄러져 내려가는 놀라운 부드러움. 여름에도 가을에도, 일 년 내내 질리지 않고 만든다. 달걀 한 개에 육수 120시시가 기준. 소금도 간장도 아주 조금만.

◎ 오늘은 아무것도 먹고 싶지 않아

물두부

아침식사로도 물두부, 언제 어디서나 물두부. 냄비에 담긴 따뜻한 물에 두부를 넣고 얌전히 불을 켜 둔다. 두부가 한들한들 움직이면 완성. 도구로 건져 그릇에 옮겨 담고, 양념으로 다진 생강을 듬뿍 올린다.

우메보시를 넣은 명주다시마죽

다급할 때 '구원의 죽' 결정판. 컵에 우메보시와 명주다시마를 넣고 간장을 조금 따르고, 소금 한 줌. 뜨거운 물을 붓고 살짝 저어 주면 순식간에 완성. 바쁜 날 아침에도 오케이.

김을 얹은 소면

장 보기 싫을 때. 주방에 있는 것들로 맛있는 면 요리를 만들고 싶을 때. 그럴 때 인기 메뉴. 재료는 달걀, 김, 가쓰오부시, 소면. 소면을 삶는 동안 달걀 푼 것, 간장, 소금을 그릇에 넣어 섞어 둔다. 물을 뺀 소면을 그릇에 담고 가쓰오부시와 김을 올리고, 마지막으로 반드시 고춧가루를 뿌려 완성.

대파와 유부, 달걀을 넣은 조림

이걸 먹으면 왠지 항상 차분해진다. 온화한 맛에 위로받기 때문이리라. 맛국물을 끓여서 납작납작하게 썬 유부와 실파를 넣고 달걀을 얌전히 깨어 넣는다. 간은 간장, 술, 소금만으로. 20년 이상 반복해서 만들고 있는 반찬 중 하나. 의외로 볼륨감도 있다.

건더기 가득한 된장국

건더기를 많이 넣으면 야채에서 맛이 듬뿍 우러난다. 감자, 양파, 양배추, 당근, 대파……. 부엌에 굴러다니는 야채라면 뭐든지 가능. 냄비에 막 집어넣고 끓인다. 여기에 주먹밥 한 개 곁들이면 대만족.

◎ 혼자 먹는다, 누군가와 먹는다

검은 빵 샌드위치

검은 빵은 맛이 강하기 때문에 조금 먹어도 만족감이 들어 좋다. 빵 사이에 재료를 끼우기만 하는 샌드위치는 혼자 먹을 때 딱이다. 검은 빵에는 훈제연어와 크림치즈, 크레송을 끼운다. 이렇게 맛있는 걸 혼자 먹어서 미안하다는 생각이 들 것이다.

미네스토로네

한 주가 시작될 때 큰 냄비에 듬뿍 만들고 매일 데우면서 맛의 변화를 즐긴다. 재료는 언제나 동일. 양파, 애호박, 당근, 샐러리, 감자, 부추 혹은 대파, 베이컨. 모든 재료를 동일한 크기로 깍둑썰기 하고 올리브오일로 볶는다. 닭 육수나 물을 붓고 끓인다. 이틀 정도 지나면 큼직큼직하게 썬 시금치와 토마토, 거칠게 뜯은 바게트 같은 것을 넣고 재워 두면서 맛의 변화를 즐긴다.

당신은 어느새 유부를 굽고 있을 것이다

가끔 음식이나 맛집 관련 기사를 써야 할 일이 있는데 그때마다 머리를 쥐어뜯는다. 세상에서 가장 어려운 게 맛 묘사가 아닐까 종종 생각한다. '심심하다' '짭짤하다' '단짠단짠'에 '스르르 녹는다' '입안 가득 번진다' '침이 꼴깍 넘어간다' 등을 이렇게 저렇게 조합해 보지만, 아 너무 뻔하잖아, 절망한다.

일본의 대표적인 맛 칼럼니스트 히라마쓰 요코의 글을 번역하면서 그래서 자주 감탄했다. 그의 맛 표현은 적확하면서도 생동감이 넘친다. 예를 들어, 불고기 상추쌈을 먹는다. "상추의 녹색 부드러움이 더해지고, 깻잎의 향이 튀어나오고, 마늘 맛이 펀치를 먹이고, 된장이 깊이를 더한다. 복잡하게 엇갈린 조합이 있어야 고소한 갓 구운 고기도 더 맛있어진다."(본문 114쪽)

이런 묘사는 어떤가. "두꺼운 한 조각을 덥석 먹는다. 깨문다.

오도독 오도독 식감 있는 살과 연골 속에서 천천히 피어오르는 무언가. 어두운 구멍을 계속 파 나가듯 계속해 오독오독 깨문다. 난생 처음인 무언가. 그것은 순식간에 입속을 화 하며 채우고, 이어서 비강에 직격탄을 쏜 후 단번에 수천 개의 날카로운 바늘이 되어 정수리를 찡 하고 찔렀다."(본문 145쪽) 눈치채셨으리라. 목포의 명물 홍어회를 처음 맛본 날의 기록이다.

이렇게 생생한 묘사가 가능한 것은 아마도 그가 먹는 즐거움을 맘껏 누린 미식가인 동시에, 수십 년간 자신의 손으로 직접 맛을 실험해 온 요리인이기 때문일 것이다. 대학에서 사회학을 전공한 히라마쓰 요코는 졸업반 때 '음식으로 사회를 읽어내고 싶다'고 생각한 후, 꾸준히 일본과 세계의 맛과 음식 문화, 그 안에 담긴 사람들의 이야기를 소개하는 글을 써 왔다. 《어른의 맛》《바쁜 날에도 배는 고프다》《히라마쓰 요코의 부엌》 등 맛과 삶을 엮은 에세이는 물론이고, 《간단하고 맛있어서 오늘도 만듭니다(簡単でおいしいから今日もまた)》 등 다수의 레시피북을 출간했다. 그는 맛의 근원과 그 안의 이야기를 따라 전 세계를 여행하는 맛 탐험가이기도 하다. 아시아 요리, 특히 한국 요리에 애정이 깊어 《한국 전통의 맛(韓国むかしの味)》 같은 책을 펴내기도 했다. 이 책 《한밤중에 잼을 졸이다》에도 한국 여행 중 만난 짜릿한 맛 체험이 담겨 있는데, 읽다 보면 쿡쿡 웃음이 터진다.

저자는 최고급 식재료를 사용해 만든 유명 레스토랑 음식보다 바로 내 옆에서 몸과 마음의 허기를 달래 주는 '집밥'에 관심이 많다. 잠이 오지 않는 밤 부엌에서 혼자 차리는 소박한 주안상에서부터 맛있는 밥 한 그릇을 위해 고군분투했던 과정, 부엌의 주역이 될 소금을 찾아 전국을 헤맨 사연까지 소재와 장르를 넘나드는 다양한 이야기가 이 책에 담겨 있다.

책에서 소개한 음식들을 독자들이 직접 맛볼 수 있도록 레시피를 함께 담고 있는 것도 이 책의 미덕이다. 염려 마시라. 그의 레시피는 참으로 간단명료해 나 같은 요리 초보자에게도 '이 정도면 만들 수 있겠는데' 하는 자신감을 불어넣으니까.

번역을 하는 중에 자주 배가 고팠다. 한밤중에 잼을 졸이는 것까지는 시도하지 못했으나 여러 번 밤늦은 시간에 냉장고를 열어 간단한 안주를 만들었다. 혼자만 당할 순 없지. 아마 책을 읽는 분들도 참기 힘들 것이다. 가장 간단하면서도 칼로리가 낮을 것으로 예상되는 음식은 작가가 최고의 술안주라고 칭송한 구운 유부다. 물기를 뺀 유부를 프라이팬에 살짝 구워 생강간장을 뿌리면 끝. 그리고 차가운 맥주 한 잔을 쭉 들이킨다.

'아아, 어른이라 좋구나'라고 생각하면서.

2017년 여름

이영희

옮긴이 이영희

연세대에서 정치외교학을 전공하고, 일본 게이오대에서 한일 관계로 석사 학위를 받았다. 현재 《중앙SUNDAY》 S매거진 기자로 일하고 있다. 지은 책으로 《어쩌다 어른》 《징글맞은 연애와 그 후의 일상》(공저)이 있고, 옮긴 책으로 《그렇지 않다면 석양이 이토록 아름다울 리 없다》 《걷는 듯 천천히》가 있다.

한밤중에 잼을 졸이다

초판 1쇄 발행　2017년 7월 21일
초판 2쇄 발행　2018년 6월 18일

지은이　히라마쓰 요코
옮긴이　이영희
책임편집　나희영
디자인　주수현 정진혁

펴낸곳　바다출판사
발행인　김인호
주소　서울시 마포구 어울마당로5길 17 5층(서교동)
전화　322-3885(편집), 322-3575(마케팅)
팩스　322-3858
E-mail　badabooks@daum.net
홈페이지　www.badabooks.co.kr
출판등록일　1996년 5월 8일
등록번호　제10-1288호

ISBN　978-89-5561-935-5 03830

[illegible]

[illegible]